泉声集

李雁红 ◎ 著

山西出版传媒集团　北岳文艺出版社
BEIYUE LITERATURE & ART PUBLISHING HOUSE

· 太原 ·

图书在版编目（CIP）数据

泉声集 / 李雁红著 . — 太原：北岳文艺出版社，2020.2

ISBN 978-7-5378-6150-2

Ⅰ . ①泉… Ⅱ . ①李… Ⅲ . ①古体诗－诗集－中国－当代 Ⅳ . ① I227.7

中国版本图书馆 CIP 数据核字（2020）第 025544 号

泉声集

李雁红　著

//

责任编辑	出版发行：山西出版传媒集团·北岳文艺出版社
李建华	地址：山西省太原市并州南路 57 号　邮编：030012
	电话：0351-5628696（发行部）　0351-5628688（总编室）
封面题字	传真：0351-5628680
武正国	网址：http://www.bywy.com　E-mail：bywycbs@163.com
	经销商：新华书店
	印刷装订：山西人民印刷有限责任公司
书籍设计	
张永文	开本：890mm×1240mm　1/32
	字数：239 千字　印张：9.625
印装监制	版次：2020 年 2 月第 1 版
郭勇	印次：2020 年 2 月山西第 1 次印刷
	书号：ISBN 978-7-5378-6150-2
	定价：60.00 元

作者照

李雁红，汉族，笔名泉声。1952年生，山西盂县人。1977年于山西大学中文系毕业，1999年中国人民大学工商管理学院硕士研究生毕业。曾任中共晋城市委书记，山西省政协党组副书记、副主席。现任中华诗词学会常务理事、中国作家协会山西分会会员、山西诗词学会名誉会长。1980年开始发表诗歌，处女作为《山乡春夜》，著有诗集《赤子情怀》《歌漫山乡路》。

一夜无眠听好音

（序）

杜学文

  《泉声集》收录了李雁红先生近年来创作的作品，即将出版。这自然是令人高兴的。多年前，他曾有诗集《赤子情怀》《歌漫山乡路》等著作面世。那时他还是一个诗意勃发，诗情盎然的青年。在这些作品中已然使人们看到了一个青年诗人所具有的才情。单从创作的角度来看，他当然有很大的可能。我们不能否认他在诗歌创作中巨大的潜力，并且希望他有更多的作品问世。但现实是繁忙的政务压抑了他在诗歌领域的才华。而他又是一个十分认真、自律很严的人。他总是首先要做好自己的工作，才有可能进入诗的天地。他对诗的热爱从未稍减，诗歌是他生活的重要组成部分。即使是政务之余，他也从未放弃研读吟诵。他在诗的意象之中超拔飞升，常常是孤灯独影，夜深人静，为觅佳句至天明。正如诗人在《诗魂》中所言，"诗魂千古到而今，如影随形自有情。常在三更明月里，亦真亦幻最空灵。"这使他的人生境界得到了升华，人格更为完善，对世俗生活有了超越。从《泉声集》的作品中我们可以看到，即使生活有多么繁杂，诗仍然是他精神的家园。当一个人具有这样想象奇幻、情感浓郁的"家园"时，就拥有了强大的精神力量与人文情怀。也许我们可以这样说，他在政务方面不断取得成就，并被社会肯定，与这种气质、品格是分不开的。诗不仅存在于他的精神世界，也成就了他的外在行为。

从形成的那一刻起，诗就是一种抒情行为。人们把自己劳动生活中蕴积生发的情感以某种符合审美的形式表现出来，就形成了诗。最早的诗与歌，以及由此而必不可分的乐是一体的。诗并不是用来阅读吟诵的，而是用来歌唱的。所以人们往往把诗与乐视为同一种艺术样式。只是随着社会生活的不断丰富，诗、歌、乐才逐渐分离，具备了自己独立的审美形态。但是，即使如此，诗也是一种体现了乐感旋律与节奏之美的审美存在。而中国传统的旧体诗词实际上就是这种诗歌样式的文字记载。今天我们已经难以感受古人吟诗唱词时的音乐形态，但仍然能够从其词牌曲式中找到一些踪迹。不过我们在这里并不是要讨论它们之间的关系，而是说，诗虽然具有叙事的功能，但其本质上是抒情的。《泉声集》中的作品就是这种诗的抒情性的表达。

最引人注目的当然是诗中描写的关于诗人与妻子、女儿之间的情感形态。就我自己而言，不太清楚作者及其妻女的日常生活状况，以及他们多少年来经历的风风雨雨。但我们仍然可以在这些作品中感受到诗人对亲人的关爱与牵挂。作为一个负有主要责任的公职人员，作者更需要承担的是社会责任，不可能对家人事无巨细、周到入微。这也就形成了他对家人的某种歉意。虽然表面上波澜不惊，内心里却翻云覆雨。在《写在大同——致爱妻》中，诗人写道："风刀割面古城寒，执手相看忽爱怜。"在塞北如刀的寒风中，忽然就升起了对妻子的爱意。有一段时间，诗人的妻子生病，但作者忙于公务，不能照顾。"原本临别多嘱咐，后因难舍却无言。追悔至今空念远，不成眠！"（《摊破浣溪沙·乍暖还寒三月天》）。而他对女儿的牵挂亦有异曲同工之感。"疼爱却无言，强作欢颜。……父爱如山何处见？心上眉尖。"（《浪淘沙·疼爱却无言》）。一句"无言"，却道尽人间真情。

由对家人亲情的书写升华为对友人社会的关切，使诗人的人生境界得到拓展升华。在《泉声集》中，有许多与友人应答唱和之作或抒写友情之重的作品。作者曾赴台交流，为台胞赋诗曰："海角天涯叶有根，血浓于水一家亲。夏初宝岛相逢日，山水从来不隔心！"这里，个人的情感延伸至民族的情感之中，使诗意得到了升华，也显示出作者精神境界之深广。作为一名公职人员，作者对社会生活的关注显现出独特的敏感。举凡国家大事、地方发展、家乡故园均多有涉及。在这些描写中，少有概念性、口号式词句，多见情感性、形象性表达。如《写在抗日战争胜利七十周年》一诗，"何处声声号角吹？烽烟再现响惊雷。英雄流血不流泪，后世应知为了谁！"开首以主观感应式的"号角"声引入，用"响"渲染对诗人内心的震撼、激励，显然是具有强烈的情感色彩与心理效应的呈现。集中收有诗人"有感于娄烦生态文明建设之美"而作的《题娄烦汾河水库》一诗。其中写道："朵朵蓝霞薄几重？秋云淡淡水盈盈。峰峦叠翠飘如梦，隐隐清风细浪中。"作者曾经在太原市工作，担负主要责任，自然对这里关注备至，充满情感。在描写娄烦的"生态文明建设"时，并不是从概念入手，而是从意象落笔，勾勒出此地良好的自然景象以及自己的感受，并以水中倒影来写山之青翠与水之清澈，自然有独特的韵味。

旧体诗似乎越来越受到了人们的关注。不仅各种诗社表现得十分活跃，从事创作的人也越来越多。但是，要写好也十分不易。一方面是社会生活发生了翻天覆地的变化，过去没有的现象、物象不断出现。这些字词句的运用与人们熟悉的东西，特别是旧体诗中的意境还存在融合与适应的问题。诗句中使用现代物象的字词往往缺乏古意诗韵。另一方面是语言自身也发生了重大变化。适应现实需要，出现了许多新创的词语。随着外来词语的大量出现，与传统的话语词汇在节奏与韵律上存在抵牾。也就是说，用古体诗词来表现现代生活仍然存在某种限制。如何在传承传统的同时适应现代，是旧体诗创作面临的重大考验。在这方面，作者也做了积极的探索。我们看到诗人受古典诗词的影响比较深，各种借用、化用随手拈来，新旧典故亦运用自如。这保证了旧体诗的品格与基本的规范。同时，也在移入口语及日常用语中做出了积极的努力。以我个人的感受言，《泉声集》中"词"的部分更显生动自由。这恐怕也与词本身即善用口头语言这一特点有关，也与其格式要求相对灵活有关。无论如何，作为中华传统文化的瑰宝，我们希望有更多的探索尝试，在创作实践中逐渐形成既能够适应现代审美要求又具备古典审美范式的新形态。这自然是一个极为艰巨的任务。但是，诗人向来就是要突破陈规、建设新范的，他们从来就不会画地为牢、固守一隅，而是要努力创新，开拓新貌，以使诗表现出蓬勃旺盛生命力为追求的。由此来看，《泉声集》中的作品也做出了积极的努力。

2019 年 10 月 2 日

（杜学文，山西省作家协会党组书记、主席）

旧瓶装酒亦新诗

李旦初

写惯新诗的人回过头来写旧体，往往多奇思妙想，语出惊人，无古董气而有现代味。我读李雁红《泉声集》的第一印象就是这种感觉。

山西省政协原副主席的李雁红，是一位于公务繁忙之余辛勤笔耕的"两栖诗人"。他早年致力于新诗创作，1980年发表处女作《山乡春夜》，后来陆续著有《赤子情怀》《歌漫山乡路》等新诗集。自2010年前后开始尝试"旧瓶装新酒"，以传统格律诗词形式反映风云变幻的新时代，为实现中华民族伟大复兴的中国梦而引吭高歌。《泉声集》是他的第一部旧体诗词集。

我收到这部诗词集稿本后，随手翻开读到一首题为《赠友人》的七言绝句，顿时眼睛为之一亮。

平生爱水最情长，总把泉声比月光。
难得真诚浦江会，浪如玫瑰也流香。

此诗副题为《山西政协调研组赴沪考察有感》，表明了作者的身份和作诗的缘起，很现代。起句真抒胸臆，把现代人的思想感情融入"上善若水""智者乐水"的古意，言志与抒情和谐统一，人品与诗品和谐统一，以领起全篇，甚至可以统帅全部诗集。第二句以奇妙的比喻承上启下，奇就奇在"泉声"承"爱水"而来，诉诸听觉，以"月光"比喻"泉声"则诉诸视觉，而且还令人产生宁静感、柔和感，有声有色地深化了爱水情致，这就是现代诗歌表现手法所谓的"通感"。李白诗"床前明月光，疑是地上霜"，李益诗"回乐烽前沙似雪，受降城外月如霜"，鲁迅诗"吟罢低眉无写处，月光如水照缁衣"，这些比喻都很奇妙，也有通感效应。可见"总把泉声比月光"这样有新意的好句，对传统有继承也有发展，自有天趣。第三句直陈其事，是转折也是过渡。结句落到"浪如玫瑰也流香"，比喻就更妙了，通感之效应也更强了，视觉、听觉、嗅觉，以至于动觉，一气贯通，将爱水的情怀、纯真的友谊发挥到了美的极致。

正是这首小诗引起了我浓厚的阅读兴趣。住院期间我捧着这部诗稿断断续续从头至尾读了一遍，有的篇章反复读了几遍。边读边圈点，有奇思妙想、语出惊人的佳句，俯拾即是。有的状景如画，情景交融，如"月到中秋情最多，银光泻亮一条河"（《汾河中秋夜》）；"谁为情多消瘦了，清香片片落红桥"（《北风飞雪》）；"一路甘霖洒故乡，两行清泪湿斜阳"（《少年郎》）；"多情最是鸳鸯鸟，碧波深处浴红衣"（《雨后》）。有的意境空灵，言有尽而意无穷，如"淙淙泉水夜莺唱，花舞红飘入梦乡"（《夏夜小园晚会》）；"灿烂星空今又是，轻烟淡月云梦中"（题太原广播电视台"诗意太原"栏目）；"一夜冰丝蝴蝶梦，玉腰舞断冷香云"（《梦雪》）；"怜爱床前婉月光，疏枝淡影夜来香"（《浣溪沙·怜爱床前婉月光》）。有的言简意赅，理趣盎然，如"风尘一路山绕云，人有精神水有情"（《写在西沟》）；"常在三更明月里，亦真亦幻最空灵"（《诗魂》）；"质本洁来还洁去，月明如水水如人"（《月色》）；

"却忆星星梦里亮，轻盈梅落斗寒霜"（《写在新戏曲交响音乐会》）。有的情意缠绵，发自肺腑而感人肺腑，如"夜雨何时泪一帘，良师追忆水云边"（《浣溪沙·春雨夜追忆姚奠中老师》）；"强忍心疼作笑颜，可知心上泪如泉"（《示女儿》）；"披衣起坐把灯看，唯恐春红落也伤"（《庭院槐花》）等等。这些语意新颖的警句，如果联系全篇的立意构思、谋篇布局来欣赏，还可使我们获得更多的意趣和美感。

至于全篇意韵俱佳、情文并茂之作，也可以列举不少。如《北风飞雪》《元旦赠建章》《题凤城》《冬题浦东》《题留筼馆》《梨花》《春》《歌声》《马年初雪》《夏夜雨后》《梦雪》《花魂》《病中》《珍别》《真情》《夏夜思》等等，以及调寄《浣溪沙》《浪淘沙》《望江南》诸词，都以较完美的传统诗词形式，贴近当代社会现实生活，抒发着现代人的思想感情。这是写惯新诗的人写旧体诗词的优势。我想以两首《浣溪沙》词为例，略加点评。一首是：

银燕南天展翅飞，心儿北望又思谁？感君丝线早回归。　　风雨人生无怨悔，有君相伴暖风吹，瘦云如黛亦含悲。

词题较长，相当于小序，说明了写作此词当时的情景："在赴沪飞机上看到爱妻抱病钉扣子的风衣，情不自禁，遥寄思念，诚祝康复。"上片侧重抒情：作者因公离家赴沪途中，身穿爱妻抱病钉好扣子的风衣，静坐机舱，思绪万千，身向南飞而心留北国，刚刚告别又想早日归来，感情波澜一波三折，细腻入微。这种发自内心深处的真情，通过亲切可感的细节描写表达出来，更加感人肺腑。下片侧重言志。"风雨人生无怨悔"是一种大境界，隐含着人生旅途的艰难困苦、酸甜苦辣和积极追求、奋发向上。这种大境界与亲人的关爱理解、家庭的和谐温馨紧密相连，词的意境因此而提升。结处如果表达得含蓄委婉一些就更好了。

另一首是《浣溪沙·有感于春雨夜小园的白丁香又开花了》：

　　楚楚轻容扮晚妆，柔风细雨露凝香。鬟云掠起也悠扬。　　玉骨随年曾几换。花开花落惹愁肠，倩魂销尽月明旁。

王国维《人间词话》把诗词意境分为"有我之境"和"无我之境"。前一首《浣溪沙》显然属"有我之境"，即"以我观物，故物皆著我之色彩"；这一首则属"无我之境"，即"以物观物，故不知何者为我，何者为物"。他把"无我之境"视为"优美"之境。此词上片状物传神，句句优美，隐情于景，物我浑然一体。古人写丁香，离不了一个"愁"字，如李璟《摊破浣溪沙》词之"青鸟不传云外信，丁香空结雨中愁"。此词下片也写了"愁"，却又"愁"出了新意，新在"玉骨随年曾几换"，新在"倩魂销尽月明旁"，都是前人诗词中未曾有过的意象和意境，给人的不是苦涩味，而是优美感。

写惯新诗的人写旧体，首先会遇到的"拦路虎"是格律。诗词不讲格律很难有其独特的艺术韵味；而格律太严则束缚思想，碍手碍脚。但这只"拦路虎"是完全可以驯服的。马凯主张"求正容变"，可视为"驯虎"诀窍。"所谓求正，就是要尽可能严格地按照包括平仄、对仗等格律规则创作诗词，因为这些是前人经过千锤百炼，充分发挥了汉字特有功能而提炼出来的，是一个'黄金格律'，不能把美的东西丢掉。但也应'容变'，即在基本守律的前提下允许有'变格'。"（《知古倡今，

求正容变》）

《泉声集》的作者学写旧体诗词的时间不长，格律不大娴熟是难免的，"求正"还须花点时间下一番苦吟功夫。但他在这方面基础很好，四百多首绝句和律诗，力求押韵、平仄、对仗合乎规范，合律和基本合律的句子占了多数，尤其是十分注意诗的前后两联平仄相粘，很少有失粘之处。至于2014年后写的词，几乎每一着都完全合律，更是难能可贵。这预示着雁红的诗词创作即将有重大突破，而进入"现代诗词"殿堂已是指日可待了！

是为序，序后有感，口占一绝：

喜听泉声恨读迟，旧瓶装酒亦新诗。

来年更舞凌云笔，对酒当歌绝妙词。

2019年8月2日于山西大学嘤鸣斋

（李旦初：中国作家协会会员，中华诗词学会常务理事，山西诗词学会顾问，山西大学原常务副校长、教授）

融会古今诗心通

马作楫

七月天，一个钟情的日子我读到雁红的《泉声集》。我边读边觉得集边笑着涓涓的细流，于我心欢乐地共鸣。这就是诗的小河，千言万语也难以道尽说完。诗人雁红于 1974 年到山西大学中文系深造，他勤奋读书，认真写作，从没有忘记对艺术的追求，不少绘形绘声的景语，欣然飘荡在校园，我理解着他。日后幸逢山西大学九秩校庆，我读到雁红写的散文《逝去的只有时间》。他对老师们说，老师"既是良师又是益友"。我感觉"良师"我不够格，"益友"尚可互相唱和。我还欣赏他在文章的结尾，他用纯真的心吟咏，他说："我对母校及先生们的感激之情，犹如窗外的缠绵的温柔的雪，悄然于心底，默默落无声。雁红对校园生活的忆想，给了我们师生之间爱的力量。

1977 年，雁红毕业了。文艺界老作家也想约请他进入文坛；孰料，政府部门调迁他从事政务工作。他长久地在太原工作，后又调入古交以及晋城等地工作。他工作勤勤恳恳，赤心为人民，工作卓有成就，蜚声省内外。特别是业余，依然按中外文学史的线索，选读古今中外的诗艺名章。多少年，我见他以其诗作揭报章，并以同好者唱和不绝。他毕业将近四十年，关心老师，帮助同学，还出版诗集《歌漫山乡路》《赤子情怀》和《山乡春夜》等。政经政文，散文小品也不计其数！

令我兴奋的是，一位益友持着雁红的《泉声集》送给我。我一看穆穆煌煌，是雁红的当代诗词选。往若多是自由诗，今日又见格律诗，我突然感觉雁红是融会古今诗心通！他的"心是藏起来的诗，诗是跳出来的心"！（老友冯中一教授的话）雁红《诗魂》诗正好与我心也相通。

　　　　诗魂千古到而今，如影随形自有情。
　　　　常在三更明月里，亦真亦幻最空灵。

这四行绝句，是雁红诗集的导言。

这四句话涵容着轻盈、轻柔、奔放、磅礴的意境。《泉声集》有独创一帜的抒情，诗人雁红在匆忙纷繁的城市和乡村的生活中，对生活的观察，尤其是环境美和自然景观一闪念的陶醉中，经酝酿，便成为诗的意象。《泉声集》正是经历着这种变革，诗人经过改革开放圆中国梦的契机，以民族传统诗文化的新形式向世界发言，这不仅赋予诗坛的一种穿透力，更美化着人们的心灵。

《泉声集》中诗的抒情具象方式，我想肤浅地谈几点。首先，诗，触景抒情，寓情于景，情景交融，直抒其情等，这本是中国诗歌传统的表现方法，雁红对这方法有所继承，诗如《不忘》："风吹花落一身香，燕舞莺歌醉艳阳。总忆窗前明月夜，湖波不忘梦悠扬。"全诗处处都在写景，同时处处也都在抒情。景语亦为情语。诗人善于选择与内心情感对应的景物，使感情外化，引动读者的联想。诗如《月儿应知心》："小园静静风清清，草木葱茏碧绿茵。步履轻轻急窥月，盈盈头上应知心。"诗情景相融，多用叠字读音，反复言静，悄然与明月谈心。诗篇多多，有的诗叙事与抒情相结合，诗心蕴藏在景中，读者感受弦外之音。

其次，我试谈韵律。一是有诗人严格遵守固有的格律；二是大体遵守固有的格律；三是在固有的格律基础上，大胆创新。我认为雁红遵守固有的格律，并在此基础上以意为主，形式仿效七绝的规律。格律随感情的变化，有时声音低，有时声音高。《泉声集》韵脚洪亮，读起来悠悠扬扬。

诗人雁红藉景物和韵律的抒情外，还多用繁丽的比喻和语言的通感、复沓等，使无声无形的景物变成有声有色的形象。选他的诗《题扬州瘦西湖二十四桥》为例："名湖胜景古来留，脚下名桥绿水流。秋雨空蒙倚栏处，玉人似在洗梳头。""名桥绿水流""似在洗梳头"，静态动态，情致俊美。

最后，我想说，雁红的诗集展现辞文多多的意象，触动都市人思今怀古的幽情，意象有月光、夕阳、海浪、大漠、古寺、渔翁、春光、秋色等等。诗人见得多，想的写的也多，方方面面都有所触及。雁红写诗凭良心、爱人生、看社会，很有锐气。他的每卷诗都展现诗人的个性，但也必将为太原以致呈现三晋文化的史诗物证。

九十二岁老翁

2014 年 7 月 22 日

（马作楫：原山西诗词学会顾问，山西大学教授）

创作转型中的新收获

阎凤梧

　　李雁红同志在大学读书期间就爱写新诗，后来陆续出版的诗集《赤子情怀》《歌漫山乡路》，传播较广，影响较大。由于接受过正规的大学文学教育，他的这些诗显然受了古典诗词和"五四"以后新诗的熏陶；改革开放以来，从国外引进的形形色色的怪异诗风对他没有什么影响，这些正是他的诗能被多数读者欢迎的主要原因。

　　近些年来，雁红同志的诗歌创作开始转型，试图另辟蹊径，写了不少我姑且称之为"有韵无律"的诗。这种类型诗歌的形式特点是：每首四句或八句每句七字或五字，与绝句律诗相同，但不讲究平仄，韵脚安排也很灵活，以一首四句者为例，可以是第一、二、四句押一韵，也可以是第二、四句押一韵；可以押平声韵，也可以押仄声韵，还可以平仄互押。韵脚处的韵母不要求绝对一致，如 eng、ang、ong 可以通用，只要不与 en 混同就可以了。这样用普通话朗读起来（不能用方言朗读），声调比较和谐，产生一定的共鸣效果，有利于增强诗歌的音乐美和感染力。"有韵无律"的诗歌古已有之，历史悠久，《诗经》汉乐府、杨柳枝等都是如此，直至唐代还很流行，例如"锄禾日当午，汗滴禾下土。谁知盘中餐，粒粒皆辛苦"韵脚安排、韵部分类与五言绝句相同，而平仄则全不讲究。这种诗歌形式不受格律约束，创作自由度较大，短小的篇幅、整齐的句型又符合数千年形成的传统诗歌的语言习惯，因而在历代民歌体诗歌和民间基层诗人的创作中大量存在。从时间维度上看，"有韵无律"诗早生，故称古体诗；格律诗后起，故称近体诗。古体、近体在中国诗歌史上齐头并进，各有优势并无高下之分。在少数文人圈子里存在一种"唯格律论"，看一首诗先看合不合律，不合律则弃之不顾，而不问诗的思想内容如何，艺术水平如何。这种"格律癖"人数不多，却很顽固，通达的人与他们无法交流。从中国诗歌流变脉络上观察，这种古体诗艺术形式大约有三种发展前景：一是保持"有韵无律"不变，不在音律形式上多下功夫，而在思想深度、意象营造表现手法上精益求精，作为一种独立存在的诗体继续发展下去；二是向格律诗靠拢，在韵脚、平仄上追求精严，成为规范的格律诗；三是借鉴长短句词的句型、韵脚、平仄，从诗的思想内容、生活场景、情感节奏出发，确定句型的长短，选择韵脚的变换，调整平仄的顿挫。这是一种适应新时代、新生活的新型诗体，创作难度很大，但发展前景广阔，近年来出现的新散曲、自由曲已初见端倪。雁红同志的古典诗词基础扎实，他的诗歌中常常可以看到古代著名诗人的身影，新旧两种诗体的创作经验又比较丰富。在这个基础之上，他就有了较多的创作选择，无论选择哪种诗体，都会有光明的发展前景。

　　文学与艺术形式多种多样，各有各的艺术功能。文章长于议论，小说长于叙事，舞蹈长于动作，戏剧长于表演，绘画长于摹形，音乐长于直接表现情感的具体状态和节奏的起伏跌宕。诗歌则借助它的语言优势，揭示情感的深度内涵；又发挥它的韵律优势抒发情感的喜怒哀乐，具有音乐的功效。因此，诗歌最大的艺术功能是抒情。古今中外对此多有论述，为省篇幅，不多引证。长期以来，有些人似乎不懂得这个常识，他们把"诗言志"的"志"理解为意志、思想，以为凡是想到的内容都可以用诗表现。殊不知"志"既可以解为意志、思想，也可以解为情感、情绪。《左传·昭公二十五年》载："是故审则宜类，以制六志。"西晋《左传》研究大家杜预注曰："为礼以制好、恶、喜、怒、哀、乐六志，使不过节。"可见"志"原是指各种感情状态的。多年来，我们发表了那么多作品，出版了那么多诗集，而能够流传开、感动人的作品却很少，这与对"诗言志"理解的偏颇，因而未能充分发挥诗歌的抒情功能有很大关系。

雁红同志深谙此道，从青年时代到耳顺之年，他的诗歌创作始终把抒发真情置于首位。浏览这本《泉声集》，处处洋溢着浓郁的国情、乡情、友情、亲情、爱情、山川情、草木情、花鸟情，以及个人的性情。在个人性情上，他特别重视个人品德的修养，摆脱名利的浸染。他宣称："虚名只是土和尘，何必伤神更上心。质本洁来还洁去，月明如水水如人。"（《月色》）皎洁的月光与皎洁的心灵交相辉映，一尘不染，一片纯净。内部小宇宙与外部大宇宙合二为一，融汇为一个透明澄澈、无挂无碍的心灵世界。这样的品性、这样的情怀，能够包容吸纳人间万事万物，用无边的大爱去拥抱爱护大千世界。他对处于逆境中的事物，具有深刻的同情心和悲悯心："寒冬忍看柳伤枝，愁向星空觅小诗。都喜花开春暖日，谁怜冰冻雪封时？"（《寒柳》）他善于从人们轻视的事物中，发掘它的美好品格："洁如白雪漫天飞，婉转缠绵风里吹。不与百花争艳丽，天涯飘落唤难回。"（《咏柳絮》）他对相对弱小的事物特别关爱，并且看好它们的蓬勃生机："堂前月下赏花蕾，点点星光白玉飞。怜爱春心开莫早，百花凋谢我芳菲。"（《夜赏茉莉花蕾》）他昼思夜想，梦寐以求地追寻那些与自己的品格相近、性情相似的事物：

"梦回秋月洁如水，独立中宵又为谁？爱你清香一缕缕，凛霜傲骨不蹙眉。"（《咏菊》）面对严寒紧逼、凄风苦雨，不蹙眉，不低头，泰然处之，这正是作者最仰慕的核心精神气质。他怀着孩子般的纯真，总是希望花红叶绿的春天能永驻人间；一旦落红满地，青春远逝，便觉十分伤感："钟情最是伤离别，冷雨愁烟多少滴？庭院落红扶不起，一声秋雁月依稀。"（《钟情》）黑格尔曾说，伤感是艺术欣赏的极致。这是因为欣赏主体与欣赏客体的生命已经融为一个命运共同体，一荣俱荣，一损俱损，同气相求，同病相怜。由于对生活、对万物爱得真诚，爱得深切，双方便无法分别彼此了，因而能休戚相关，哀乐与共。有些人不会欣赏生活、欣赏艺术，往往指责伤感是"不健康"情绪，这只能说明他们的心灵世界太干涸荒芜了。

三十多年前，我就知道雁红同志与其夫人逯娟伉俪情深；三十多年后，他们的爱情久而弥坚，更加感人。他公开表示："未必多情不丈夫，男儿有泪心上流。年来为你常心痛，百岁鸳鸯共白头。"（《元旦赠娟——为爱妻手术圆满顺利而作并祝早日康复》）在病妻面前，他强打精神，强装笑脸，以鼓励妻子与病魔抗争，而背地里却是泪往心上流，忍受着极大的痛苦。他为爱情只愿付出心血，承担痛苦，并不索取回报。如果有什么回报，那就是"百岁鸳鸯共白头"。这是何等高尚纯洁的心愿啊！"执子之手，与子偕老"，一同走向生命的尽头，这是人类爱情生活最幸福的过程、最美好的结局。望着这一对并肩携手走进第二青春的恩爱夫妻背影，我深感欣慰。第一青春往往是在艰辛人生历程中匆匆走过的，来不及品尝回味。当第二青春来到时，才有时间、有心情反复咀嚼爱情的美妙无穷，深入欣赏对方心灵、体态和容貌的美好。经过艰苦生涯的磨砺、长期心心相印的融合，便会觉得对方旧日的种种美好更加美好，即使一对白头翁妪也会相看两不厌，越看越俊俏。请看这首诗："蜡烛下泪细无声，一点一滴见精神。苦乐同舟三十载，芳容依旧俏青春。"（《蜡烛》）爱情是相互欣赏的艺术，年轻时相互欣赏很容易，而老年时相互欣赏的力度丝毫不减，反而更加强烈，这正是极为难得的爱情的坚贞不渝。

人人都追求爱情，但未必拥有爱情；拥有了爱情，未必会坚守爱情；只有始终如一地坚守，才能品尝到爱情经过日月之光的照耀，漫长岁月的积淀、酝酿而成的无比醇厚甜美的滋味。雁红同志以他的才情、仪表和地位，追慕他的女性不乏其人。然而，"曾经沧海难为水，除却巫山不是云"。身在花团锦簇拥围之中而目不斜视，心无旁骛。他爱得专一，爱得深沉，爱得热烈，爱得永久，万花丛中只选一枝，为爱人而燃烧着生命的光华。请听他的心声："蜡炬成灰君可知？千滴红泪两行诗。一年三百六十五，日日相思夜夜痴。"（《红烛——观〈来不及说我爱你〉》）《泉声集》中爱情诗的特别可贵之处，不限于作者对个人爱情生活的感受与认识，把爱情作为一己之私，独自享受；而是怀着人间大爱，把这种感受和认识集中起来，提炼出来，推广开来，高声赞颂人间的美好爱情。"杜鹃啼血唤不回，梁祝云天泪也垂。自古多情何处是？花开红树彩蝶飞。"（《观〈山楂树之恋〉》）"敢爱敢恨不怕死，人间大爱莫如斯。文章千古痛心事，寸断肝肠殉情诗。"（《观〈最爱〉》）多读读这些情愫高尚、动人心魄的诗，夫妻会更加和美，家庭会更加和睦，社会会更加和谐。

花鸟诗、爱情诗是《泉声集》中最精彩动人的部分。读者如果以此为据，认为雁红同志是一味流连花鸟、痴迷爱情的人，那就大错特错了。他一生从事党政工作，四出奔走，随处为家，日夜操劳，哪有许多闲情逸致去嘲风月、弄花草？花鸟诗、爱情诗只是偶然忆及、偶一为之而已。他最忧心忡忡、牵肠挂肚的是国计民生问题，例如《新雪——赞新年第一场喜雪》："感君为我漫天来，万树梨花一夜开。喜看银装怜素裹，心愁多少化尘埃。"盼雪焦急、喜雪欢乐的心情，与广大农民兄弟一样感同身受，这才叫作同命运、共呼吸。再如《重回古交关头村》："二十年来情难舍，乡心归梦热泪多。相逢恰在花红日，大树临风唱凯歌。"他在古交工作几年，为把这个荒凉贫瘠的山区改造成为富庶繁华的地区而呕心沥血。精力投入越多，感情积蓄越深，以至于把古交视为第二故乡，每当忆及便热泪盈眶。这是真正的爱民情、爱国情，因为它发自肺腑，出自真心，是从自己的血汗中凝练而成的切身感受。那些常见的此类诗歌中高呼政治口号、高喊豪言壮语、高报政绩数字，并不见得有爱国爱民的真情实感。

雁红同志的诗情感深沉内敛，观察深入细致，感受敏锐灵动，抒情平和舒缓，如同山间泉水奏鸣淙淙琴声。从青年到老年，诗风一贯如此，成为他人格品行的艺术表征，读其诗如见其人，具有天赋的诗情诗才。他谨慎勤奋，虽然是一个领导干部，骨子里仍然是单纯、真诚的一介书生。有了以上两项做人、写诗的基本素质，今后随着诗情的不断聚集升华、诗艺的不断锤炼精熟，他笔下的诗歌园地必将日益鲜艳繁盛。

2019 年 7 月 21 日于山西大学

（阎凤梧：山西诗词学会顾问，山西大学教授）

目　录

诗（上）

诗（下）

词

诗（上）

明　月

头上一轮才举起，

汾河十里照长堤。

秋楼灯火阑珊处，

遥忆风姿梦亦稀。

2009-9-13 于太原

寒　柳

寒冬忍看柳伤枝，

愁向星空觅小诗。

都喜花开春暖日，

谁怜冰冻雪封时。

2009-12-14 于北京

题 丽 江 ①

玉龙飞舞扫千愁，

水画春城一梦游。

脚踏白云峰顶走，

人间仙境也风流。

2010-3-15 于云南

① 玉龙雪山位于云南丽江，是北半球最南的大雪山，高
山雪域风景以险、奇、美、秀著称于世。

同 心

上阵亲兄弟，

破敌父子兵。

众心同努力，

百业俱能兴。

2010-5-13 于太原

雨后观菊

满眼黄金甲，

含珠映彩霞。

风寒霜雪后，

傲骨更人夸。

2010-8-11 于太原

写在青岛竹岔岛

——赠东彪学友

海上乘风破浪行，

有惊无险亦从容。

神奇小岛忽飞雨，

洒下友人一片情。

2010-8-23 于青岛

观《山楂树之恋》①

杜鹃啼血唤不回，

梁祝云天泪也垂。

自古多情何处是？

花开红树彩蝶飞。

2010-9-24 于太原

① 电影《山楂树之恋》由张艺谋导演，讲述了一段真心
付出、干净、至死不渝的爱情故事。

写在世博园 [①]

——中国红

举国喜看浦江风，

圆梦百年亿万情。

一览世博风景美，

唯独震撼中国红。

2010-9-28 于上海

[①] 中国 2010 年上海世界博览会于 2010 年 5 月 1 日——10 月 31 日举办，中国红系指中国国家馆，以东方之冠的构思主题，表达了中国文化的精神与气质。

已沁心

月下中秋劳惠赠，

青衫仙岛有余温。

浦江莫道千里远，

一点灵犀已沁心。

2010-9-29 于上海

月 莲

月下红莲含露笑，

相宜浓淡自然娇。

寻春百度烟云处，

始见凝香水上飘。

2010-10-1 于太原

国庆赠女儿

云淡也风轻，

和谐百业新。

万家明月夜，

莫忘报国心。

2010-10-1 于太原

怀　君

塞外怀君日，

银湖落叶秋。

无云并州夜，

新月入红楼。

2010-10-10 于朔州

思　君

入对成双少一人，

华灯初上望星空。

执子之手三十载，

最敬君贤似月明。

2010–10–16 于上海

花　魂

金樽明月何时有？

昨夜东风昨夜楼。

宁为花魂太白醉，

君心如玉不须愁。

2010–10–20 于太原

病 中 （一）

——赠徐主任及各友人

枯木逢春冬亦暖，

严寒驱走是春风。

但得大爱神医在，

烟灭灰飞谈笑中。

2010–11–9 于太原

病 中 （二）

才下眉头又上心，

西楼斜月五更钟。

病疼能忍情难舍，

仙岛来年待好风。

2010–11–9 于太原

彩 鱼

百诚清捧一泓水，

万缕千丝锦绣堆。

波戏彩虹悠扬起，

依依君伴梦回回。

2010–11–10 于太原

题友谊宾馆赠友人

感君慧眼识"友谊"，

独步清幽忆往昔。

秋月春花冬雪醉，

情深十载每依依。

2010–11–15 于北京

观《第一书记》①

——有感于沈浩同志的先进事迹而作

鞠躬尽瘁好男儿，

天地同悲为你歌。

何故英雄身早逝？

出师未捷泪流多。

2010–11–21 于太原

① 电影《第一书记》根据安徽省凤阳县小岗村优秀村党委书记沈浩的真实事迹改编而成，讲述了沈浩从省财政厅下派至小岗村，兢兢业业地发展小岗，因积劳成疾猝逝在工作一线的故事。

春 光

病容扶起已深秋，

锦样年华似水流。

五十功名尘与土①，

未曾报国却白头。

太真②长恨千年泪，

黄竹③穆王梦早休。

来世长生何处是？

春光只为笑声留。

2010–11–25 于太原

① 功名尘与土，出自岳飞《满江红》。
② 太真指杨贵妃，出自白居易《长恨歌》。
③ 黄竹出自李商隐《瑶池》，意指追求长生。

初冬汾河公园

风寒去岁雪如席，

今日晴川绿锦泥。

天地万千尚如此，

人间棋变不为奇。

2010-11-30 于太原

颂 菊 莲

我怜菊傲骨，

亦爱藕莲幽。

试作菊莲颂，

香清水细流。

2010-12-7 于太原

观《金婚风雨情》①

五十春秋淌爱河，

同舟风雨浪翻波。

《天鹅》一曲谢帷幕，

始信鸳鸯百岁多。

2010-12-10 于太原

① 电视剧《金婚风雨情》讲述了一对夫妻五十年坎坷婚
姻路，阐释了爱情与婚姻的本质。片尾夫妻共看芭蕾
舞剧《天鹅湖》，圆了妻子多年的梦。

赞 程 婴

——观《赵氏孤儿》电影有感义士程婴

朗朗乾坤砍不断，

浩然正气立人间。

痛悲昭雪彤彤日，

一缕忠魂上九天。

2010-12-19 于太原

圣诞夜

未到元宵走不得,

行人车堵灯成河。

西洋一曲高楼上,

圣诞缘何落异国?

2010-12-24 于太原

网上游戏

小中见大魔情发,

夜夜通宵迷万家。

心静请君看仔细,

天天憔悴多少花。

2010-12-27 于太原

新　春

——2011年省城新年音乐会

人道咏春欲断肠，

惜花唯恐雪冰伤。

男儿今夜滴滴泪，

化作无眠诗两行。

2010-12-29 于太原

迎 新 年

未闻元旦报晨钟，

已见东来满眼风。

登上层楼更高处，

风光无限在奇峰。

2010-12-30 于太原

元旦赠建章

——读《老三届^①报》有感

四十年前风雨雪，

百千苦乐铸忠魂。

举国亿万彤彤日，

高唱当年《义勇军》。

2011–1–1 于大同

① 1966 年、1967 年、1968 年三届初、高中毕业生，合
称老三届。

事非经过不知难

——有感于山西煤炭资源整合

不听哭声听骂声，

事非经过不知难。

狂澜力挽能断腕，

自问扪心可对天！

2011–1–9 于太原

三 春

——节日祝父母康健福长

今来喜鹊唱边城，

去岁寒沙吹雁门。

日暖风和游子意，

寸心难报三春恩。

2011-1-2 于大同

新 雪

——赞新年第一场喜雪

感君为我漫天来，

万树梨花一夜开。

喜看银装怜素裹，

心愁多少化尘埃。

2011-1-3 于太原

冬 夜

——致学友

晨归暮访已成行，

冬夜风光两不同。

南海画船人似月，

北疆飞雪正寒冰。

真诚初见春风面，

大爱能识碧玉情。

此刻请君回望处，

灵犀千里可心通。

2011-1-6 于太原

家 园

一声喜鹊报平安，
牵挂丝丝化作烟。
羁旅京都才几日，
殷殷呼唤出家园。

2011-1-8 于北京

蜡 烛

蜡烛下泪细无声，
一点一滴见精神。
苦乐同舟三十载，
芳容依旧俏青春。

2011-1-8 于太原

迎 新 春

—— 兔年致友人

琼浆不醉是心仪，

抬望中天月已西。

诸葛一生唯谨慎，

吕端大事也神奇。

辨材尚待七年满，

试玉烧须三日期。

世外仙山何处是，

笑迎玉兔入云梯。

2011-1-28 于太原

银　瓶

乍破银瓶一泓水，

人前显贵人后悲。

青衫无泪心欲碎，

知我艰难更有谁？

2011-1-30 于太原

祝　福

爆竹声声响夜空，

缤纷五彩少一人。

此时西望高楼上，

默默祝福也入心。

2011-2-2 于太原

月 皎

——迎兔年

一身诗意唯君在，

万束云光梳洗来。

欲赏琼花青螺黛，

碧天仰看月皎白。

2011-2-5 于太原

读《红楼梦》

仙葩阆苑在何方？

美玉无瑕枉断肠。

玉碎泪干终不悔，

情痴情种自留香。

2011-2-6 于太原

赠女儿

人去楼空心惆怅，

情催灯下也柔肠。

千年修得同船渡，

万事家和自盛昌。

足赤黄金从未见，

完人世上觅何方。

夫妻本是鸳鸯鸟，

恩爱还须放眼量。

2011-2-9 于太原

赏 月

羞花闭月为谁妍？

茶酒汤圆自有甜。

一首小诗千尺瀑，

冲开心底碧云天！

2011-2-20 于太原

盆 花

——节后送盆花到花房养护有感

忍看幽香送远方，

人花惜别也堪伤。

春泥愿把春花护，

怜爱清芬绕画梁。

2011-2-24 于太原

知 心

——观《我知女人心》[①]

人海茫茫谁与共？

冥冥杳杳有神灵。

真诚识得春风面，

海誓何须又山盟。

2011-2-24 于太原

① 电影《我知女人心》是一部爱情喜剧，讲述一个大男子主义者获得了偷听女人心事的超能力，这给他带来了烦恼，也带来了好运。

感女儿生日①

生逢盛世沐春风，

三十年前雪打灯。

面壁十年图破壁，

声清更数凤雏声。

2011-2-25 于太原

① 女儿生在正月。

忆昔游

鸿雁一声心欲静，

几幅小照动离情。

海风吹浪飞急雨，

湿我青衫笑有声。

2011-3-14 于太原

"中体" 健身有感

一轮红日又初升，

"中体" 结缘跨远征。

休作相如消渴病①，

更学祖逖舞鸡鸣②。

百回"亮健"强筋骨，

千遍耕耘汗雨行。

花甲之年谁得似，

青春伴我快如风。

2011-3-26 于太原

① 指西汉司马相如患消渴病。
② 东晋将领祖逖闻鸡起舞的典故。

春

飘飘宛宛柳如烟，

袅袅婷婷四月天。

日暖风和青草绿，

游丝百尺有谁牵？

2011-4-1 于太原

吟 菊

我爱菊奇骨，

长思五柳①公。

经君评定后，

千古咏高风。

2011-4-8 于太原

① 五柳指陶渊明，其字元亮，号五柳先生，东晋末期南
朝宋初期诗人、文学家、辞赋家、散文家。

杏　花

——杏花村汾酒厂赏杏花有感

爱怜名酒醉名花，

多次慕名访酒家。

终是有缘初见面，

如云白雪晚春发。

2011-4-14 于汾阳

京都春雨

京都一夜雨兼风，

起坐晨窗又动情。

历历春花啼眼露，

啾啾翠鸟向谁鸣？

2011-4-24 于北京

春 阳

——太原画院赏春有感

尘世难逢开口笑，

桃花映日更妖娆。

云舒云卷东风里，

一点春阳上柳梢。

2011-4-26 于太原

庭院槐花

庭院槐花入梦乡，

柔风细细淡飘香。

披衣起坐把灯看，

唯恐春红落也伤。

2011-4-29 于太原

重读《孔雀东南飞》

黄泉共赴实堪伤，

只怪男儿不自强。

犹忆文君相如事[1]，

弥天大勇凤求凰。

2011–5–2 于太原

题青莲寺[2]

日暮珏山寻翠柳，

青莲无恙景悠悠。

花红曾几春风度？

惟见甘泉碧玉流。

2011–5–13 于晋城

[1] 指汉代卓文君、司马相如等情节。

[2] 青莲寺位于山西省晋城市东南，是著名的佛教圣地，创建于北齐，为国家重点文物保护单位。珏山位于晋城市东南，其双峰对峙，巍峨苍翠，宛若一对碧玉镶嵌在太行山上。

夏夜观花有感

拂面东风又一年，

花前月下忆芳颜。

高山流水知何去，

景色依然又眼前。

2011–5–16 于太原

题西安世界园艺博览会

泱泱万里古都风，

夏日迎宾热浪中。

百尺塔楼骋怀目，

满城绽放石榴红①。

2011–5–19 于西安

① 石榴花是西安市市花。

题华清池①中贵妃海棠池

恩爱十年天下扬，

风流千古更无双。

霓裳一曲长生殿，

凝露而今忆海棠。

2011-5-21 于西安

棒棰岛②感怀

真诚如水续前缘，

笑语盈盈在昨天。

破浪动心今又是，

海风吹起玉生烟。

2011-5-22 于大连

① 华清池中的海棠汤为杨贵妃御用汤池。
② 作者曾于1987年在棒棰岛学习考察。

观《最爱》①

敢爱敢恨不怕死，

人间大爱莫如斯。

文章千古痛心事，

寸断肝肠殉情诗。

2011-5-23 于大连

忆大连行

黄海浪花架彩虹，

炊烟渔火酒旗风。

转身靓丽和风里，

《最爱》无声泪有声。

2011-5-30 于太原

① 《最爱》是一部由顾长卫导演，章子怡及郭富城领衔
　主演的爱情电影，讲述了染病的得意和琴琴很快从
　相恋到相爱，在绝境中萌生的近乎看得到尽头的爱
　情故事。

红 烛

——观《来不及说我爱你》[1]有感

蜡炬成灰君可知？

千滴红泪两行诗。

一年三百六十五，

日日相思夜夜痴。

2011-6-5 于太原

[1] 电视剧《来不及说我爱你》讲述了民国军阀混战时期，一方少帅军阀慕容沣和富商之女尹静琬从相遇、相爱再到被迫分离的一段荡气回肠的爱情故事。

云 帆

青山不老诗常在，

沐浴春风花盛开。

万水千山身后去，

云帆直挂梦中来。

2011-6-6 于太原

甘　霖

古城①久旱洒甘霖，

万物葱茏一片新。

雨后斜阳拂细柳，

新风阵阵送清音。

2011-6-24 于大同

观《建党伟业》②

破浪红船一路行，

故国流血你请缨。

栉风沐雨九十载，

昂首东方有巨龙。

2011-6-28 于太原

① 古城系指山西省大同市。

② 电影《建党伟业》展现了从 1911 年辛亥革命后到 1921
年中国共产党成立这段时间内的历史风云，讲述了毛
泽东、李大钊等第一批中共党员在风雨飘摇的时代为
国家赴汤蹈火的精彩故事。

题太原双塔①

公私外出每回首，

情系依依双塔楼。

不是天工赐神笔，

安能丰采世间留。

2011-7-1 于太原

① 双塔寺本名永祚寺，三晋名刹，因其寺内两座巍峨壮
观、耸入云端的古塔，被称为双塔寺。

晚　霞

六月炎炎暑气多，

热风吹雨洒山河。

晚霞红沁天一角，

燃尽寂寥荡起波。

2011-7-3 于太原

真　淳

雨过天晴明月光，

真淳满地是芬芳。

金风玉露相逢日，

一点一滴也断肠。

2011-7-17 于太原

踏　歌

电闪万条雨兼风，

雷鸣千响震夜空，

狂澜力挽心犹静，

一路踏歌一路情。

2011-7-24 于太原

佳　境

何时佳境醉心怀，

灿烂银河为我开。

潋滟平湖升明月，

清波滚滚浪飞来。

2011–7–24 于太原

观太原大寺①荷花

大寺荷花远近姝，

神仙醉了众芳羞。

碧波深处红莲睡，

万绿丛中一点幽。

2011–8–6 于太原

① 北大寺村位于晋源区晋祠镇风景区，是太原赏荷佳地。

和赵老①八十八大寿

南山松柏最康强，

墨海游龙福自长。

心有东风身不老，

忘忧含笑是良方。

2011-8-9 于太原

① 赵云峰，1924年7月生，山西盂县人，当代知名楹联家。

雨后白莲

雨后白莲风举起，

亭亭玉立着人迷。

露湿粉面清香里，

点点红霞又上衣。

2011-8-10 于太原

飞 花

明月一轮升起来，

飞花入梦笑颜开。

翻山越岭寻天外，

春景春情荡入怀。

2011-8-14 于太原

友 谊

——致秋枫

友情如酒浓于酒，

含笑忘忧心上流。

海角天涯穷有处，

人间友谊永长留。

2011-9-5 于太原

汾河中秋夜

月到中秋情最多，

银光泻亮一条河。

岸隔灯火云烟处，

谁解兰舟荡碧波？

2011-9-12 于太原

写在山西省见义勇为表彰会

舍生取义感万家，

碧血绽开仁爱花。

举国和谐安定日，

豪英含笑壮中华。

2011-9-15 于太原

再忆青岛行有感

醉访蓬莱海上行，

舞低秋月唱低风。

此情此景何时有？

碧海星空梦里情。

2011-9-15 于太原

故 乡 情

——写在中部博览会文艺晚会

龙城今夜爱成河，

楼外华灯楼内歌。

最是乡情连着我，

魂牵梦绕泪流多。

2011-9-26 于太原

寻 芳

——写在大同册田水库

假日寻芳水映枫，

青山隐隐古城东。

休言塞外秋无景，

白鹭斜阳垂钓翁。

2011-10-3 于太原

百年辛亥

——写在中山陵

金风丽日中山陵，

辛亥百年傲雪松。

天下为公同努力，

大江万里卷长风。

2011-10-11 于南京

题扬州瘦西湖二十四桥

——吟杜牧诗有感

名湖胜景古来留，

脚下名桥绿水流。

秋雨空蒙倚栏处，

玉人似在洗梳头。

2011-10-12 于扬州

五十华西①

金秋千里访名村，

树有精神水有情。

庭院欢声明镜里，

华西五十正年轻。

2011-10-13 于华西村

① 华西村始建于 1961 年，堪称社会主义新农村建设的
典范。

秋题苏州寒山寺

——吟（唐）张继诗有感

古刹无山只有寺，

名家留墨更留诗。

若知夜半钟声意？

须到寒山月落时。

2011-10-14 于苏州

秋到浦江

秋到浦江已夕阳，

波光闪闪汽笛扬。

多情翠鸟鸣垂柳，

一唤三声忆故乡。

2011-10-17 于上海

秋雨游扬州个园

个字半竹青绿叶，

小园四季雨兼风。

虚心林茂竹多瘦，

直道玉兰雅也清。

2011–10–17 于上海

逝　水

逝水一滴真滋味，

寒来暑往又风吹。

犹闻海上涛声起，

珠落蓬莱白雨飞。

2011–10–26 于太原

立冬汾河

冬来谁把汾河染？

暖暖斜阳朗朗天。

草木绿黄香两岸，

鱼儿戏水也神闲。

2011-11-8 于太原

夜 窗

卷地寒风叩夜窗，

拨弹微笑对忧伤。

流年逝水眼前过，

飘洒善良明月光。

2011-11-20 于北京

红 月 亮①

——观月全食

痴痴仰望有谁知?

独立寒冬月已西。

红月碧空头上起,

团圆千万是心期!

2011-12-11 于太原

① 2011 年 12 月 10 日晚,在太原可清晰观赏十年来最美
月全食红月亮。

观《金陵十三钗》^①有感

滴滴红泪断人肠，

以死抗争侠骨香。

和月背灯思古训，

民安唯有国家强！

2011-12-11 于太原

① 《金陵十三钗》是一部战争史诗电影，讲述了 1937 年
的南京，一个为救人冒充神父的美国人、一群躲在教
堂里的女学生、十四个逃避战火的风尘女子以及殊死
抵抗的军人和伤兵，共同面对南京大屠杀的故事。

写在大同

——致爱妻

风刀割面古城寒，

执手相看忽爱怜。

蜡炬春蚕君当数，

飒飒英姿胜木兰。

2011-12-31 于大同

写在省城新年戏曲交响音乐会

百花凝艳满堂香，

冬去春来也悠扬。

总忆星星甜梦里，

轻盈梅落斗寒霜。

2011-12-31 于太原

雁 门 寒

高速路封改上山，

漫天冰雪雁门关^①。

绕弯闯险十八道，

车过方知旧路寒。

2012-1-2 于大同

① 雁门关位于山西代县以北的雁门山中，是长城上的重
要关隘。

龙 年 夜

今夜龙城望月升，

龙灯四射亮星空。

莲灯唯爱幽洁静，

淡影疏光更有情。

2012-1-23 于太原

贺太原市实验晋剧院成立五十周年

春华秋实五十载，

德艺双馨正当年。

且看今朝红日出，

云帆直挂更向前！

2012-1-23

新年新雪迎春

——有感于谢道韫《咏雪》诗"未若柳絮因风起"

今宵梦到谢娘家，

夜半因风絮湿花。

一片真情谁画出？

轻飞海角更天涯。

2012-1-26 于太原

月 色

虚名只是土和尘，

何必伤神更上心。

质本洁来还洁去，

月明如水水如人。

2012-2-19 于太原

梨 花

——观《菩提树下》①有感

泪眼蓄空心已碎，

为何好梦北风吹。

天香午夜飘何处，

片片梨花雾里飞。

2012-2-19 于太原

① 苦情电视剧《菩提树下》讲述了清末年间，两个身份
被交换的青年之间的爱恨情仇。

书 海

书海漫步伴长灯，

京都繁华小楼春。

半生无为常自省，

怀抱唯求不染心。

2012-3-2 于中央党校

又 一 春

——题掠燕湖①

十载依依千里梦，

凌波可记当年人？

夕阳自古闲情有，

岸柳鹅黄又一春。

2012-3-5 于中央党校

① 掠燕湖位于中央党校内。

思 乡

——再题掠燕湖

斜日寒风雪未消，

抹黄湖畔弄长条。

穿飞啼鸟春意闹，

今夜思乡梦里飘。

2012-3-10 于中央党校

校园新柳

垂下鹅黄不胜春，

风寒二月雪霜中。

何时减去三分瘦？

娇嫩依依笑有声。

2012-3-11 于中央党校

写在游泳场

人到黄昏情惆怅，

扬波春早碎斜阳。

如鱼得水悠闲日，

九转柔肠忆故乡。

2012-3-13 于中央党校

浪 清 清
——三题掠燕湖

冰消雪化步轻轻，

春日盈盈湖上升。

真是鸭先知冷暖，

双双戏水浪清清。

2012-3-13 于中央党校

咏校园春雪

梦里春山青螺黛，

夜来梅落又花开。

琼楼玉树凝神处，

却忆杏花故乡白。

2012-3-18 于中央党校

杨 柳 春

京都相见绵绵雪，

雨雪丝丝倍感甜。

送你一枝春嫩柳，

见时容易别时难。

2012-3-19 于北京

雨　后

——四题掠燕湖

雨晴正午风吹起，

水色湖光翠欲滴。

最喜鸳鸯双入对，

碧波深处浴红衣。

2012-3-25 于中央党校

京都桃花

都说京花胜往年，

桃红堪染艳阳天。

离人点点思和念？

尽在行云流水间。

2012-4-4 于中央党校

二题游泳场

得闲且把浪来翻，

莫负春花烂漫天。

原本人生多起落，

碧波峰转又一山。

2012-4-6 于中央党校

踏 青

——五题掠燕湖

晨见湖清飞紫燕，

情深始信不失约。

相逢只应邀明月，

莫负春来好季节。

2012-4-6 于中央党校

云 天

——六题掠燕湖

见面春风一霎那，

伤离五味也风寒。

涟涟湖水清清看，

紫燕随心飞上天。

2012-4-8 于中央党校

咏 春 花

——七题掠燕湖

蜡炬能痴明月白，

春花绽放酒花开。

此情也只蓬莱有，

亦幻亦真梦里来。

2012-4-8 于中央党校

题八大处青莲

西山古刹捧青莲，

日暖和风心里甜。

今夜请君天上看，

碧空如洗月团栾。

2012-4-9 于中央党校

趣味运动会

楼外春光楼内风，

童心自在笑声中。

老来也作少年梦，

鱼尾吹平趣味浓。

2012-4-12 于中央党校

师 生 情

——八题掠燕湖

若问师生情几分？

春风化雨细无声。

且看湖上留思念，

树会传神水有情。

2012-4-15 于中央党校

亮 眼 桥

——九题掠燕湖

春水一泓亮眼来，

画屏至此荡心怀。

神怡更在湖波外，

映日桃红烂漫开。

2012-4-16 于中央党校

咏柳絮

洁如白雪漫天飞，

婉转缠绵风里吹。

不与百花争艳丽，

天涯飘落唤难回。

2012-4-18 于北京

不 忘

——离中央党校有感

风吹花落一身香，

燕舞莺歌醉艳阳。

总忆窗前明月夜，

湖波不忘梦悠扬。

2012-4-20 于北京

昆 明 湖[①]

烟波日暮游人稠，

又访名湖赏景幽。

春色百年还是秀，

一声横笛飘兰舟。

2012-4-25 于北京

① 昆明湖位于北京颐和园内。

赠 学 友

不须惆怅伤离别，

且醉今宵明月天。

心有春风人不老，

同窗笑指是少年。

2012-4-26 于北京

赠爱中

别来相见第一人，

把酒言欢有暖风。

常忆昆明湖上月，

冰心一片数爱中①。

2012-5-3 于太原

① 爱中，系作者中央党校同学。

写在太原长风商务新区

——陪同国家审计署石爱中学友考察有感

乘兴风和云水行，

流光溢彩夜龙城。

月明人醉灯摇影，

水泼青衫笑有声。

2012-5-3 于太原

月季红

朦胧月色胭脂红，

春后小园①欲断魂。

风举芳香一阵阵，

轻潮红晕照花人。

2012-5-8 于太原

① 小园系作者寓所前的街心公园。

歌 声

庭院爱怜明月光，

悠扬飘洒在何方？

歌停人静徘徊久，

夜半情思入梦乡。

2012-5-10 于太原

蛙 声

蛙鼓声声汾水湾，

清风习习夜阑珊。

灯光微亮游人少，

肩上月明水底天。

2012-5-10 于太原

雨新也温馨

纤手细织七彩虹，

雨新小院也温馨。

酬勤终是感天地，

清露滴生又一春。

2012-5-11 于太原

雨后汾河

雨后汾河春景好，

斜阳水上影轻摇。

晚风吹得游人醉，

飞起百灵弄柳梢。

2012-5-12 于太原

金沙滩^①怀古

车过雁门到金沙，

忠魂碧血忆杨家。

黑云头上一霎那，

雨后风轻出晚霞。

2012-5-19 于大同

---

① 金沙滩镇位于朔州市怀仁县，周边有金沙滩古战场、金沙滩古墓群、鹅毛口遗址等景区，其中金沙滩 " 杨家将 " 的感人故事家喻户晓。

夜赏茉莉花蕾

堂前月下赏花蕾，

点点星光白玉飞。

怜爱春心开莫早，

百花凋谢我芳菲。

2012-5-15 于太原

凄　迷

蝶梦花魂花梦蝶[①]，

柳丝绾月又西斜。

凄迷惆怅何时有？

冬去春来好时节。

2012-5-21 于太原

① 《庄子·齐物论》载：昔者庄周梦为蝴蝶，栩栩然蝴
　蝶也，自喻适志与！不知周也。俄然觉，则蘧蘧然周也。
　不知周之梦为蝴蝶与？蝴蝶之梦为周与？周与蝴蝶，
　则必有分矣。此之谓物化。

题五寨荷叶坪①

五寨神奇荷叶坪，

连天碧草托白云。

斜阳一抹随风起，

叠翠峰峦入画屏。

2012-5-30 于五寨

① 五寨县荷叶坪，是华北最大的亚高山草甸，以其状
如一柄阔大无比的荷叶而得名，素有高原翡翠之美称。

题汾河①源头

芦芽山下母亲河，

儿女多少话要说？

且看清波柔浪里，

千声祝愿万声歌。

2012-6-1 于宁武

① 汾河是三晋母亲河，也是黄河的第二大支流，发源于
　宁武县管涔山脉。芦芽山位于管涔山国家森林公园腹
　地，是管涔山的主峰。

题娄烦

伟人①故地风光好，

一路心潮逐浪高。

放眼平湖明镜里，

层层绿树更妖娆。

2012-6-6 于娄烦

① 高君宇，中共早期著名的政治活动家、理论家，中共
　北方党团组织的主要负责人和山西党团组织的创始
　人，其故居位于太原市娄烦县峰岭底村。

重回古交关头村①

二十年来情难舍，

乡心归梦泪流多。

相逢恰在花红日，

大树临风唱凯歌。

2012-6-7 于古交

① 晋绥八分区旧址位于山西古交市关头村，作者在该市工作时曾在此包村驻点。

草 生 香

今夜月明星也亮，

气清小院草生香。

数匝留恋难离去，

两袖甜甜入梦乡。

2012-6-10 于太原

红 云

古今幽怨几时平？

风雨声声一路听。

如洗碧山幽且净，

红云一抹转天晴。

2012-6-26 赴晋城途中

题 凤 城^①

梦绕魂牵忆太行，

凤城夏日好风光。

繁花似锦悠扬起，

儿女轻盈又换装。

2012-6-28 于晋城

① 凤城指山西晋城市。

雨后访青莲寺^①

青莲雨后滴甘霖，

一片晶莹万木新。

银杏千年亲且敬，

轻摇结果笑黄昏。

2012-6-29 于晋城

题黄粱梦观

千古黄粱^②原是梦，

功名富贵转头空。

人生浮世从来短，

淡泊清贫本为宗。

2012-7-1 于邯郸

① 青莲寺内长有一株千年银杏大树。
② 黄粱梦是唐人沈既济小说《枕中记》的故事，比喻虚
　幻不实的事和欲望的破灭犹如一梦。

题 延 安

仰止高山宝塔峰，

延河流水枣园灯。

再三留恋杨家岭，

热泪高歌《东方红》。

2012-7-12 于延安

银川印象

浪打沙湖明镜亮，

银川美丽水如银。

王陵西夏知何处？

隐隐云烟百鸟鸣。

2012-7-13 于银川

玉 门 关

一抔黄土伤千古，
大漠驱车访玉门。
千载狼烟何处是？
青青杨柳绕白云。

2012-7-16 于玉门

写在阳关

人生自古恨离别，
何况阳关去不还。
你我遣怀莫惆怅，
言欢把酒乐明天。

2012-7-16 于阳关

鸣沙山月牙泉

鸣沙山下月牙泉，

明月仙音奏管弦。

岂是人工能造出，

神来巧夺有奇缘。

2012-7-17 于敦煌

兰州夜观黄河①

梦醉兰州夏夜情，

柔风水上月朦胧。

霓虹两岸神怡处，

细浪何时摇落星？

2012-7-18 于兰州

① 兰州是黄河唯一穿城过的省会城市。

敦煌飞天忆神九

飞天最美在敦煌，

飘逸无双绕画梁。

忽忆升空神九梦，

红裙丝带换新装。

2012-7-18 于敦煌

写在临汾

——陪同内蒙古政协任亚平主席一行考察有感

千里有缘逢故人，

瀑飞壶口尧都风。

古槐不老能作证，

炎日犹闻新雨声。

2012-8-5 于临汾

观实景剧

——太行山上有感

拉开夜幕摆沙场，

抗日存亡看太行。

一寸河山一寸血，

中华儿女挺脊梁。

2012-8-15 于武乡

忆海边云

何来魂绕云牵梦？

只为海边一片情。

病酒轻扶明月夜，

涛声摇落满天星。

2012-8-18 于太原

题刘公岛①

秋云淡淡和风起，

岛上烽烟早已息。

甲午至今多少泪？

一壶浊酒月偏西。

2012-8-24 于烟台

① 刘公岛，位于山东威海市，国家 5A 级景区，也是著
名的爱国主义教育基地。1894 年，中日甲午海战就发
生在该岛东部海域。

七夕咏海棠

轻颦浅笑秋海棠，

一片晕红凝晚霜。

七夕鹊桥天上梦，

为谁憔悴减容光？

2012-8-26 于太原

雨　秋

雨秋总把愁掠起，

心事流入寒声里。

聚散离别奈若何？

百年相看人有几？

2012–9–1 于太原

题　秋　雨

秋雨寒声愁掠起，

人生何处是心期。

百年相看人无几，

聚散离别本不奇。

2012–9–1 于太原

秋夜偶题

晚风擦亮满天星，

庭院徘徊秋意新。

月季暗开红莹玉，

一汪秋水淡如云。

2012-9-8 于太原

夜赏秋海棠

秋夜谁将云锦裁？

湘裙几折柳烟来。

月明如水柔风里，

相望白红越女腮。

2012-9-14 于太原

钟　情

钟情最是伤离别，

冷雨愁烟多少滴？

庭院落红扶不起，

一声秋雁月依稀。

2012-9-15 于太原

夜题花丛

天天相见不相识，

怨向花丛觅小诗。

心有芦鞭①何处坠，

缘何落帽座惊时？

2012-9-18 于太原

① 芦鞭，出自晏几道《采桑子》：芦鞭坠遍杨花陌。落帽，
　出自《晋书·孟嘉传》，后用孟嘉落帽形容才子名士
　的风雅洒脱、才思敏捷。

落 红

红落如云空念远，

繁花似锦舞飞旋。

秋思万缕缠绵处，

新月一弯天上悬。

2012-9-22 于太原

题西柏坡

熠熠生辉西柏坡，

抚今追昔泪流多。

艰辛毋忘当年事，

始得殷勤报祖国。

2012-9-27 于西柏坡

秋　波

浪打飘蓬何处落？

一声鸿雁掠秋波。

也曾多次寻思过，

只是新来夜雨多。

2012-9-29 于太原

月　亮　圆

又迎一个中秋夜，

又是一轮月亮圆。

可记当年初见面？

风光依旧改朱颜。

2012-10-11 于太原

重访成都

锦官城里武侯松，

杜甫堂前翠竹风。

梦觉莺花今又是，

金牛①笑语听欢声。

2012-10-17 于成都

① 金牛为成都市的一个区，传说牛郎织女曾在此留下一
头金牛，故得名。

戏赠友人

——追忆十六日飞九寨沟因天气原因返航

九寨风光梦里飘，

飞天鸟瞰峰如刀。

无缘道是缘分有，

原地返回第一遭。

2012-10-17 于乐山

写在峨眉

三江①凝黛一泓水，

翠绿峨眉甘露飞。

遍洒秋阳金顶后，

霞光笑挽彩云归。

2012-10-18 于峨眉

① 三江指岷江、大渡河、青衣江。

题 遵 义

秋来遵义心潮涌，

风正一悬始信高。

赤水欢声今又起，

春雷阵阵卷惊涛！

2012-10-20 于遵义

写在息烽集中营旧址①

沉沉步履抬难起，

萧瑟秋风落日低。

举国团圆君可记？

此情此景泪沾衣。

2012-10-20 于贵阳

① 此地 1938 年至 1946 年为国民党军统局监狱，残杀了
共产党员六百多人。

题黄果树水帘洞

洞天飞雪彩珠扬，

不醉酒都黄果香。

数步人生莫惘怅，

金秋你我且清狂。

2012-10-21 于贵州黄果树

写在太原机场

（一）

茫茫云海风一阵，

秋返龙城已上灯。

梦里盈盈曾有过，

萧然月落去无声。

（二）

茫茫云海风一阵，

秋返龙城已上灯。

梦里盈盈曾有过，

天边明月又初升。

2012-10-29 由北京飞返太原有感

冬 月

谁教冬夜放冰轮？

往事如烟月色浓。

碧海当时风细细，

滴秋溅酒浪融融。

2012–11–3 夜忆与友人行

冬题汾河公园

难得和风冬日吹，

夕阳静静柳杨垂。

悠扬轻踏黄昏水，

啼鸟轻轻云絮飞。

2012–11–6 于太原

珍 别

贪话零星车又催，

珍别握手更一杯。

并州冬夜翡流翠，

情洒车灯又有谁？

2012-11-7 于太原

和风喜雪

——并州喜雪正值党的十八大胜利闭幕有感

灯暖风和别样红，

融融喜雪早迎春。

人民时刻装心里，

满目山河处处新。

2012-11-15 于太原

北风飞雪

北风飞雪总妖娆，

袅袅倩魂梦里飘。

谁为情多消瘦了？

清香片片落红桥。

2012-11-15 于太原长风商务区景观步行桥

写在省游泳馆

浪花飞起春光来，

冬日谁将云锦裁。

窗外须知春常在，

寒梅数九依然开。

2012-11-25 于太原

新年新雪

爱怜罗袜轻盈玉，

一夜梨花万物新。

占断新年风细细，

为谁舞瘦白丝裙？

2013-1-20 于太原

除夕咏梅

——和女婿女儿祝蛇年吉祥幸福安康

总是红梅报早春，

凛风傲骨立清宵。

对花惭愧何能报？

且赋小诗喜听潮。

2013-2-9 于太原

郁 金 香

——写在太原春节花卉展

百花凝妍斗寒霜，

笑语欢声巧扮装。

含态独怜人欲醉，

眉儿浅浅郁金香。

2013-2-14 于太原

春 信

二月枝头思念染，

早春又见艳阳天。

此情只系南归燕？

更把鹅黄嫩柳牵。

2013-2-21 于太原

咏 白 鸽

白鸽心上自由飞，

日暖和风细细吹。

扇绿春江一泓水，

真诚大爱知有谁？

2013–3–2 于太原

二月初二游泳偶得

手挽浪花春也浓，

儿男有志报国忠。

常思莲藕洁如雪，

击水几曾千里风。

2013–3–13 于太原

写在全国人大闭幕

今夜月圆悬碧空，

无云万里荡徐风。

举国亿万抬头看，

天上人间春已逢。

2013-3-17 于太原

春　夜

——写在大同

雁门云断晚来收，

灯火边城景色幽。

春柳无言情也有，

丝丝垂下是离愁。

2013-3-30 于大同

枕 上

何时又梦少年情，
心有灵犀一点通。
枕上晕红春夜里，
海风吹浪到天明。

2013-4-17 于太原

四 月 雪

料峭春寒四月天，
梨花朵朵枝头悬。
只须红日空中举，
万木霎时碧玉鲜。

2013-4-20 于太原

丁香醉人

花前留下一行诗，

又到丁香醉我时。

相似年年谁与共？

举头明月低头思。

2013-4-21 于太原

咏 丁 香

春夜丁香为我开，

芬芳怜爱云衣白。

轻颦浅笑双螺黛，

倩影轻移伴月来。

2013-4-21 于太原小园

赞公园健身舞

寻梦随心云水榭，

阑珊灯火舞花天。

月光裁下烟一缕，

转忆翩翩好少年。

2013-5-4 夜于太原街心公园

夏夜闲步

星星眨眼月儿圆，

小路狗儿喜撒欢。

淡影疏枝情自恋，

灯光点点绿荫闲。

2013-5-10 于太原

月儿知我心

小园静静又风清，
草木葱茏碧绿茵。
步履轻轻急窥月，
盈盈头上应知心。

2013-5-11 于太原

夏夜小园晚会

夜幕拉开园内香，
眼前闪亮一束光。
淙淙泉水啼莺唱，
花舞红飘入梦乡。

2013-5-12 于太原

霓 裳 白

玉兰绽放霓裳白，

多少心结你解开。

闪闪星光头上戴，

月明如水夜香来。

猜余音绕梁成语

见时圆月别时缺，

绕梁余音在昨天？

梦里分明初见面，

如今又是柳杨烟。

2013-5-30 于太原

夏夜点点灯

——写在小园消夏晚会

你是繁星点点灯，

铅华淡淡步芳尘。

你如夏夜风一阵，

挽就松松一片云。

2013-6-3 于太原

踏 明 月

心儿切切踏明月，

雨后花新草更鲜。

飞鸟一时头上掠，

星星洒落路桥边。

2013-6-9 于太原小园

多情酿成秋

谁把多情酿作秋？

花残雨溅泪难收。

徘徊数次不能去，

夜雨声声也惹愁。

写在"神舟十号"成功发射时

今夜月宫丹桂香，

九天此刻梦悠扬。

盈盈笑语银河上，

壮我中华儿女强。

端午感怀

——以纪念伟大的爱国诗人屈原并致友人

杨柳依依风卷起，

眉尖心上雨来急。

离歌屈子汨罗水，

千古长流永不息。

2013-6-11 于太原

写在高铁

——赴京因雷雨天气，飞机改乘高铁有感

玉龙总喜云和水，

银燕蓝天展翅飞。

头枕汾河才小睡，

京都已到汽笛催。

2013-6-16 于北京

京都夏雨夜

情为衰来一夜发，

芭蕉雨打落窗纱。

京都病起思乡客，

和畅惠风月下花。

2013-6-19 于北京

玉兰洁如云

玉兰绽放洁如云，

缕缕清香月色浓。

萧瑟才知秋已近，

文章庾信^①老来成。

2013-6-20 于太原

① 庾信文章老更成，出自杜甫《戏为六绝句》，意思是
庾信的文章到了老年就更加成熟。庾信是南北朝时期
的著名诗人。

小 园 花

你将夏夜做成秋，

细雨绵绵淅淅流。

淡淡清香何处去？

小园默默梦幽幽。

2013-6-22 于太原小园

六月花红

耿耿长灯也有情，

昨天夜里看分明。

花红六月云衣上，

来去匆匆似梦中。

2013-6-25 于太原

缅怀介子推

——题在介休绵山慈孝文化活动周

都说寒食①为一人，

绵山千古缅怀君。

从来慈孝德之本，

介子高风传到今。

2013-6-24 于绵山

① 寒食，即寒食节，原发地在被誉为中国寒食清明文化
之乡的山西介休绵山，这里每年举行寒食清明祭祀介
子推活动，距今已有两千六百四十年的历史。在这一
日，禁烟火，吃冷食，后来逐渐增加了祭扫、踏青、
秋千、牵勾、斗卵等风俗。

贺"神十"顺利返回

——早八时"神十"在内蒙古顺利着陆

笑载朝霞圆梦归，

红旗猎猎暖风吹。

豪英我敬千盏酒，

朵朵白云草上飞。

2013-6-26 于太原

写在山西省政协七一歌唱会

谁将甜美梦飘乡？

儿女声声诉衷肠。

苦难何时化欢唱？

大江滚滚红旗扬。

2013-6-28 于太原

点 点 白

阴雨连天总有开，

清风明月一齐来。

随心杨柳轻轻摆，

落下银河点点白。

2013-7-2 于太原

往 事

霜雪何时新两鬓？

樱桃带雨也曾红。

夜来又是蒙蒙雨，

往事如烟袅袅中。

2013-7-11 于太原

忆 昔 游

凭空夏夜雨纷纷，

灯冷小园少路人。

忽忆急风催海雨，

白珠船跳水淋淋。

2013-7-15 于太原

小园草香

——夏夜草香掠起了难忘的知青岁月

小园有你月生辉，

夏夜一时好梦归。

四十年前那片翠，

回回含泪远方飞。

2013-7-19 于太原

夏 雨 夜

谁向人间播撒爱，

祥云谁撵步轻来？

病余楼上观晴晚，

雨住且将新月裁。

2013–7–21 于太原

雨 后

徘徊雨后人清瘦，

今夜此情月色流。

独爱藕莲丝不断，

更怜魂魄是并头。

2013–7–24 于太原

赠 爱 妻

男儿有泪不轻弹，

今夜为谁湿青衫？

冰雪不辞为卿热，

可曾记得红和娟①？

① 红指作者本人，娟指作者妻子。

右 玉 赞

——有感于右玉六十年坚持植树造林
艰苦奋斗的精神

谁送清风卷碧涛？

风沙锁住是英豪。

谁将贫困变美好？

梦放蓝天逐浪高。

2013–7–30 于右玉

写在西沟

风尘一路山绕云，

人有精神水有情。

八月瓜甜果香日，

相逢你我笑轻盈。

2013-8-13 于偏关西沟村，为作者扶贫所在村

何 时 圆

月儿天上几时圆？

暮雨朝云何处还？

到老白头丝不断，

鸳鸯戏水并蒂莲！

2013-8-15 于太原

无　题

——水上情

鱼儿跃水一声轻，

戏浪鸳鸯相对红。

我看夕阳无限好，

与君笑挽水清清。

2013-8-18 于太原诚祝娟早日康复

秋　月

暑天渐渐秋声里，

今夜微风初湿衣。

又见月明洁如水，

凌波静静过楼西。

2013-8-19 于太原

春华秋实

——写在省群众路线教育活动先进事迹报告会

春华秋实知多少？

八月龙城步步高。

心伴掌声逐浪起，

红旗风展更旗飘！

2013-8-22 于太原

《周恩来的四个昼夜》^①观后感

儿女拭之多少泪，

秋阳静静暖风吹。

为谁甘愿心操碎？

亿万共托天地碑。

2013-8-30 于太原

① 电影《周恩来的四个昼夜》讲述 20 世纪 60 年代初，
新中国面临饥荒，周恩来深入革命老区调查研究，与
父老乡亲们之间发生的感人至深的故事。

咏 菊

梦回秋月洁如水，

独立中宵又为谁？

爱你清香一缕缕，

凛霜傲骨不蹙眉。

2013-8-30 于太原

观《爱情悠悠药草香》①

家国祸患因谁起？

心病岂能药草医？

终是爱心留正气，

相逢战地也神奇！

2013-9-1 于太原

① 电视剧《爱情悠悠药草香》介绍了民国时期，医药大
家族白家的爱恨情仇、明争暗斗的悲喜故事，以及一
名弱女子在豪门女人争斗中逐渐觉醒、独立自强的传
奇人生。

落叶知秋

是谁吹落绿一片?

萧瑟西风朗月天。

人道知秋飘落叶,

长空雁过又经年。

2013-9-5 于太原

写在大同文瀛湖

青山隐隐景悠悠,

往事如烟落日秋。

又见清波摇细柳,

风光依旧水长流。

2013-9-13 于大同

中秋望月

——有感于太原中秋夜七时二十分
月最圆而作兼寄女婿女儿

感谢一轮头上升，

万家灯火月圆明。

清光满把浓秋意，

任你清香也动容。

2013-9-19 夜于太原

龙城国庆夜

雨后龙城郁郁葱，

金风点亮万千灯。

霓虹丝带轻飘起，

香沁百合一片情。

2013-10-1 于太原

晚 秋 夜

秋云何故遮明月？

握手西风在昨天？

片片飘零红叶落，

月圆花好古难全。

2013–10–15 于太原

初冬夜咏柳

休为西风独自愁，

繁华落尽寒声流。

轻柔一把留风骨，

来日双眉月似钩？

2013–11–1 于太原

初 冬 雨

冬云飞絮来一缕，

时有时无多少滴。

湿我青衫洁如玉，

冰丝灵雨是心仪。

2013-11-5 于太原

观《斯大林格勒》影片

——献给为战胜法西斯而牺牲的英烈们

英雄也有女儿情，

大爱声声炮火中。

伏尔加河染红水，

颂歌从此享名城！

2013-11-13 于太原

冬 日 行

碧天如洗风一夜，

十里长街任我行。

沐尽冬阳冬亦暖，

赏心绿树更情浓。

2013-11-16 于太原

敬贺茂林①书记八十寿诞

春华秋实茂成林，

八秩梅花更有神。

吾辈望尘应有愧，

堂堂正正第一人。

2013-11-30 于太原

① 王茂林，山西省原省委书记。

车过娘子关

车行千里夜阑珊，

灯火又飘娘子关。

冬去京都才几日，

两行清泪湿云烟！

2013-12-8 夜于北京返太原的高铁路上

冬题浦东

冬雨丝丝梦里轻，

浦江静静夜无风。

相逢喜在云开日，

笑语茶烟往事中。

2013-12-18 于上海

冬至咏雪花

晨见轻容舞霓裳，

十分天与露凝香。

万千云絮蒙白浪，

花骨今宵可远方。

2013–12–24 于太原

写在刘增民①毛体书法作品展

——毛主席在 1962 年给毛岸青、邵华手书《蝶恋花·答李淑一》，将原词中"我失骄杨"书为"我失杨花"。有感于毛主席怀念爱妻杨开慧的柔情。

伟人落笔有柔情，

我失骄杨天下闻。

且看游龙墨海里，

杨花点点泪流痕。

2013–12–28 于太原

① 刘增民，著名书法家。

元旦赠娟

——为爱妻手术圆满顺利而作并祝早日康复

未必多情不丈夫，

男儿有泪心上流。

年来为你常心痛，

百岁鸳鸯共白头。

2014-1-1 于太原

元　日

——献给山医二院白衣天使

谁绾祥云托日出？

心愁谁解几时休？

白衣天使妙回手，

复始一元春水流。

2014-1-1 于太原

梦题雪花

梦里奇葩窗外发，

晶莹剔透冷香佳。

天涯飘落知何处？

不是人间富贵花。

2014-1-3 于太原

咏 雪 花

梦觉月明窗外风，

霏霏雨雪伴晨钟。

花儿不富千般好，

晶莹剔透冷香浓。

2014-1-3 于太原

缅怀姚奠中^①老师

天丧斯文奈若何，

国学疑问谁解说？

高风亮节百年后，

日月山川唱颂歌。

2014-1-5 于太原

① 姚奠中，山西省政协原副主席、山西大学教授。

写在太原画院建院三十年纪念展

而立之年春一枝，

好如水上起柔风。

龙城锦绣太原梦，

飘入相宜浓淡中。

2014-1-5 于太原

故 乡

何处飘来明月光，

千回百转是柔肠。

男儿虽有凌云志，

梦也轻轻返故乡。

2014-1-21 于太原

赞"幸福山西"迎新春晚会

——这是近年来由山西省艺术家演出
观众反映最好的文艺晚会

今夜太行满眼春，

汾河流水细柔风。

笙歌还是乡音好，

吹入马年月色中。

2014-1-22 于太原

健身有感

笑语盈盈播撒爱，

花开病树健身台。

清香一缕飘来处？

瑞雪迎春窗外来。

2014-1-28 于太原

马年初雪

袅袅婷婷掌上春，

花魂片片落无声。

银装素裹何曾晚？

自有清香梦里浓。

2014-2-5 于太原

马年新春游泳有感

春池仰卧浑如醉，

浪里柔风细细吹。

偏是平生常戏水，

童心水上尽情飞。

2014-2-10 于太原

咏 杏 花

——贺杏花诗社三周年

感君落笔写真容，

裁取杏花一缕魂。

质本洁来还洁去，

眉儿淡淡妆如云。

2014-2-11 于太原

梦 雪

一夜冰丝蝴蝶梦，

玉腰舞断冷香云。

魂牵梦绕谁得似？

飘落九天丝带裙。

2014-2-19 于太原

莲 心

——读《柳溪集》有感，赠时新①同志

且揽床前明月照，

春夜无端浪涌潮。

总爱莲心人世少，

淤泥不染月如娇！

2014-2-22 于太原

① 时新，为山西诗词学会原会长。

同 呼 吸

——有感于习近平总书记雾霾天视察
首都，和人民同呼吸共命运

心头一热为哪般？

微笑送来甘露甜。

但得众心同与共，

雾霾换作碧云天！

2014-2-26 夜于太原

病余探春

漫步河汾春可早？

嫩烟淡抹雪冰消。

清波更比夕阳好，

啼鸟穿飞上柳梢。

2014-3-5 于太原

题太原广播电视台"诗意太原"栏目

挂角羚羊何处寻？

诗魂画外看分明。

星空灿烂如今是，

淡月轻烟入梦中。

2014-3-10 于太原

夜　读

——写在中央党校

雅园三月有真香，

何必金粉绽盛妆。

夜读顿开天上路，

朝霞春水梦悠扬。

2014-4-3 于北京

题留筠馆①

人去楼空转眼间，

茶烟袅袅忆前年。

清波依旧鱼读月，

寂寞何来鸟谈天？

2104-4-3 于北京

① 留筠馆原为茶社，位于中央党校掠燕湖畔，现已搬迁，故地重访有感。鱼读月和鸟谈天是留筠馆楹联中的字句。

丁　香

今宵谁伴读书郎？

香褪粉收夜茫茫。

总说伤春风雨疾，

寒声怎比春光长。

2014-4-15 于太原雨夜

赏 春 宵

点点心愁何时了？

晚风乍起更如潮。

霓虹偏是春宵好，

喜看花明月下娇。

2014-5-2 于太原

初夏夜题浦江外白渡桥①

风烟抬望仍缥缈，

乘兴轻登月下桥。

喜看浦江今夜好，

霓虹水上影轻摇。

2014-5-14 夜于上海

① 外白渡桥为百年老桥，建于 1907 年。

真　情

——致上海市政协周太彤主席并各位友人

愿把真情留浦江，

有缘千里诉衷肠。

他年初夏相逢日，

也认太行为水乡。

2014–5–16 于上海

写在上海奥特莱斯广场

奥特莱斯落水乡，

浦江儿女淡梳妆。

真品真价真情创，

赢得美名天下扬。

2014–5–16 于上海

上海改革印象

浦江龙马腾飞浪，

海上巨轮轻起航。

初夏笙歌何处是，

宝钢上港更旗扬！

2014-5-17 于上海

示 女 儿

强忍心疼作笑颜，

可知心上泪如泉。

女儿今日一声叹，

八尺男儿泪不干！

2014-5-17 夜于太原

诗 魂

诗魂千古到而今，

如影随形自有情。

常在三更明月里，

亦真亦幻最空灵。

2014-5-18 夜于太原

甘 霖 水

——得知女儿今夜又输液，甚念

柔肠能化甘霖水，

点点抚平女儿悲。

瘦尽灯花人憔悴，

无眠千里爱心陪。

2014-5-21 夜于太原

端午答致远①

——喜读致远节日诗有感，诚祝节日快乐

风暖轻轻谁叹息？

祝福怀念我来迟。

人生渡口识良友，

回想至今一首诗。

2014-6-2 于太原

① 刘致远系十一届山西省政协常委。

夏 夜 思

——赞武警总医院夏义欣主任等白衣天使

人间大爱共心知，

夜雨随心化作诗。

生命万千谁托起？

白衣永占春一枝。

2014-6-21 于太原

致王馗春沐

——为晨闻春沐顺利分娩，母女平安而作

夏至黎明甘露滴，

祥云雨后忽来急。

马驮红日东方起，

怜爱艰难泪湿衣。

2014-6-21 于太原

夏日骤雨

——雨天遥祝女儿安康幸福

何时白浪雷鸣起？

骤雨人生也有急。

一样欢愁连两地，

人间悲悯是心期。

2014-7-2 于太原

题山焦洗煤厂

何来"煤海"桃花源？

绿树清风亮眼前。

昔日污浊何处去？

笑声庭院尽开颜。

2014-7-10写于山西焦煤集团

题盛夏月

雨过天晴夕照红，

晶莹剔透绿荫浓。

动心最是云遮月，

淡扫蛾眉倩影轻。

2014-7-22 于太原小园

题难老泉声

——贺山西诗词学会成立三十周年

请君长忆当时景，

难老泉声碧玉新。

倩影轻移波浪里，

拨弹流月到如今。

2014-8-15 于太原

诗　心

古今中外共诗心，

大爱真情总是魂。

赤子扬鞭终不悔，

如痴如醉远方云。

2014-8-16 于太原

酬时新梅琴

——有感于时新、梅琴同志贺省诗词学会成立三十周年诗词而作

湘瑟秦萧总有新，

秋来香阵醉河汾。

青春做伴泉难老，

又见花红雨落频。

2014-8-27 于太原

慈　容

——因公不能陪母赴京看病有感

忠孝昆仑取两难，

几回承诺总食言。

思量多少如烟事，

历历慈容又眼前。

2014-9-6 于太原

赠明旺书记

南华初见论文坛，

秋日促膝续雅兰。

莫道知音相会晚，

相逢容易共心难。

2014-9-27 于太原

附：

和雁红主席

张明旺[①]

才名久已著诗坛，

梅是清操品是兰。

最感倾心初晤后，

屈尊帮我解烦难。

2014-9-27 于太原

① 张明旺，山西省作家协会原党组书记、常务副主席。

有感于正国①会长"巷口"诗

"巷口"声声母爱慈，

秋阳静静也情痴。

三春恩重实难报，

热泪两行一首诗！

2014-9-27

手机听元元②笑声有感

海作蓝霞梦绕云，

平生爱水听仙音。

元元千里一声笑，

耳畔银铃倍觉亲。

2014-11-21 于太原

① 正国为山西省诗词学会名誉会长，原山西省人大常委
会副主任武正国。

② 元元是作者外孙女。

车过雁门有感

轻叩雁门雾也柔，

寒来暑往可曾忧？

青山无恙三冬暖，

风起云烟一叶舟。

2014–12–10写于大同返太原途中

诗

（下）

写在 2015 年元旦

喜见天孙织绮罗，

心随骏马上银河。

迎新辞旧如何说？

往事云烟爱最多！

2014-12-31 于太原

题羊年新春

玉羊轻唤情切切，

骏马嘶风已昨天。

最是万家灯火夜，

春宵一刻思绵绵。

2015-2-18 于太原（除夕夜）

春晨题掠燕湖

正月春波尚带寒，
穿飞青鸟却悠然。
柳丝轻绾红霞出，
流瀑冲开水底天。

2015-3-5 于中央党校

再题掠燕湖

人间自有痴情客，
梦绕湖光倩影多。
又是雪消冰化日，
鸳鸯回目意如何？

2015-3-7 于中央党校

题党校白玉兰

——玉兰美，花期却只有几日

可怜一把玉蝴蝶，

凝固芳容在眼前。

若问生涯原梦里，

翩翩只为霎时间。

2015-3-29 于中央党校

春心可贵

——再作《题玉兰》

花开红落有谁知？

情是花魂爱是痴。

满眼韶华谁举起？

春心一点化成诗。

2015-4-1 于中央党校

春夜喜听笙管

——致方宁学友

是谁春夜仙音送？

笙管吹来湖上风。

为有兰心人似月，

行云流水也传情。

2015-4-11 于中央党校

观《情归周恩来》

——有感于总理爱海棠花

丝丝细雨雅园飞，

疑是海棠泪眼垂。

凝望朦胧春夜里，

为谁含露绽花蕾？

2015-4-16 于中央党校

游泳归来有感

踏浪归来芳草鲜，

满园春色气如兰。

湖光散绮夕阳好，

尽染晕红怀当年！

2015-4-18 于中央党校

春夜读书有感

灯下探春月已西，

花明柳暗惹人迷。

几番曲径通幽后，

始见清泉石上溪。

2015-4-20 于中央党校

爱 晚 情

爱晚随波别绮红，

一湖倩影荡柔风。

飘灯初把兰香送，

若有若无云梦中。

2015-4-27 于中央党校

写在抗日战争胜利七十周年

何处声声号角吹？

烽烟再现响惊雷。

英雄流血不流泪，

后世应知为了谁！

2015-5-2 于太原

也读《红楼梦》答致远

记得红楼诗几首，

灵犀一点到心头。

灯昏始信皎洁月，

笔走更知情可投。

百感衷来烟与泪，

繁华过去喜成愁。

思君细品其中味，

梦觉一帘春水流。

2015-5-25 于太原

访台拾零

——致台胞

海角天涯叶有根，

血浓于水一家亲。

夏初宝岛相逢日，

山水从来不隔心！

2015-5-31 于台北

题阳明山小油坑温泉

是谁惹雾弄轻柔，

疑是香烟生紫炉。

神女分明行云处，

凌波珠溅古今殊。

2015-6-1 于台北

枕上红晕

一夜无眠听好音，

海风浪打到天明。

龟山①驮日何时出？

枕上晕红是笑容。

2015-8-8 于太原

① 龟山岛位于宜兰头城海岸东边大约十公里的地方，因
为形状像一只浮在海面的乌龟而得名。

题"野柳"

弱德柔美何时有？

野柳神工姿万姝。

最是"女王"回盼处，

天遥海阔梦悠悠。

2015-6-2 于台湾野柳地质公园

雨 中 情

碧浪粼粼日月潭，

白云隐隐阿里山。

朦胧细雨牵衣袖，

相见时难别亦难。

2015–6–3 于台湾

考察台湾文学图书馆有感

瑰丽文心何处寻？

玲珑剔透梦魂中。

寒梅芳沁红一点，

解寄春风万里情。

2015–6–4 于高雄

致 友 人

来时细雨去时风，

留下依依宝岛情。

唯盼团圆欢庆日，

笑容更比风光浓。

2015-6-6 于桃园机场

题端午节荷叶流韵诗会

荷塘月色谁吟出？

一缕清香梦里流。

君是分明皎洁月，

天然出水自轻柔。

2015-6-20 于太原

灵石红崖谷有感

灵心善感何时有？

灵石云帆系画舟。

难舍多情红崖谷，

灵溪蝶影梦轻流。

2015-7-3 于灵石红崖谷

题 夏 晨

早知雪月不关情，

偏是天边有彩虹。

雨后晨光轻似梦，

清凉啼鸟也凌空。

2015-7-22 于太原

致 友 人

原本人生一首歌，

云舒云卷织烟萝。

少年曾作飞天梦，

白首也牵沧浪波。

不赋渊明归去矣，

常怀屈子泪流多。

如何皎洁追寻遍，

月色飘香静听荷。

2015-7-23 于晋城

有感中华诗词四代会召开

君是东风第一枝，

婷婷秋发柳杨丝。

红千本在人心里，

紫万何求雨润时。

晓梦庄生化蝴蝶，

银河牛女自相思。

此情此景何由达，

明月星光一首诗。

2015-8-7 于太原

观省纪念抗战胜利七十周年朗诵音乐会

——太行回声

黄水劈门珠有泪，

华灯暗转一时悲。

回环故国蒙难日，

愤托太行无字碑！

2015-8-20 于太原

纪念抗战胜利参观百团大战纪念馆

——写在"奋起的母亲"雕塑前

望穿秋水望穿云，

那是中华日月魂。

追忆当年纾难处，

音容雨后更传神！

2015-9-2 于太原

写在抗战胜利七十周年纪念日

缅怀今日意如何？

七十春秋胜利多。

最是放飞中国梦，

神州高唱和平歌。

2015–9–3 于太原

初放风筝

初放风筝飞哪里？

星沉海底梦依稀。

何时枕上红晕起？

仿佛闻声对影移。

2015 年 9 月 4 日夜于太原

题青海湖

——赞文成公主①不辞艰难和亲报国之美德

谁绾秋云湖上起？

蓝霞万朵百重衣。

至今倒淌河流水，

梦绕魂牵唱向西！

2015-9-8 于西宁

① 相传唐朝文成公主赴西藏和亲途中，到达青海日月山下，回首不见长安，西望一片苍凉，念家乡，思父母，悲恸不止，流泪西行，文成公主的泪便汇成了倒淌河。

中 秋 月

头上一轮谁捧出？

似曾相识美人眸。

盈盈宛转云天里，

又把清光洒满楼！

2015-9-27 于太原

写在国庆月明夜

——祝祖国母亲永远年轻

月想人来人想月，

此时都向指间鸣。

我生生我如何报？

万水千山总是情！

2016-10-1 夜于太原桃园

敬题太行抗战英烈魂

——陪广西陈主席考察长治革命老区缅怀先烈有感

秋来轻叩太行门，

梦雨灵风几度闻。

满目青山红落透①，

杜鹃啼血泪留痕。

2015-10-18 于太行

① 红落透指太行上满山遍野的黄栌树红叶如血、鲜艳欲滴，也象征抗战英烈的鲜血换来今日和平，不忘历史。

初冬暮雨访元好问故里有感

落尽繁华始见真，

诗人故里有诗魂。

灵犀一点丝丝雨，

剔透玲珑也动人。

2015-11-5 于忻州市忻府区

咏初冬雪

君来无语去如云，

缱绻情怀实可亲。

寻梦晶莹冬夜里，

白莲朵朵也清心。

2015-11-24 夜于太原

再咏杏花并贺诗社成立五周年

何处融融送暖春？

汾河流韵写花魂。

感君明月千般好，

总把枝头不染尘。

2015-11-28 于太原

有感雁行

雁字长空总动人，

风行水上也销魂。

初心不改谁能识？

岁岁年年托白云。

2015-12-21 于太原

再题莲心

——和时新

君似莲心怎染尘？

田田荷叶不沉沦。

人间自有痴情客，

天上能无寸断人。

千古沧桑如梦幻，

清风明月见纯真。

诗魂一管何时有，

落尽繁华总绕身。

2015-12-14 夜于太原

赠 致 远

雁过长空只有情，

穿云破雾不留名。

声声相惜何由出？

君唱我和琴瑟鸣！

2015-12-21 夜于太原

寻 春

——写在 2016 年省城新年音乐会

笙管流莺台上云，

轻容旋佛乱山昏。

樱桃带雨如何意，

海晏河清梦绕春。

2015-12-31 于太原

赠　别

——敬呈薛延忠主席并各位领导和同志

欲将往事托明月，

偏又冲开水底天！

一片君心一片月，

绵绵不绝细如烟。

2016-1-29 夜于太原

观猴年春晚有感

——祝河源诗友诗美人好

一曲心波一抹云，

人间天上又逢春。

且裁此刻融融月，

剔透玲珑赠友人！

2016-2-8 写于太原桃园

春 梦

我有迷魂招不得，

青山绿水最情深。

翩翩蝴蝶甜甜梦，

疏影暗香便是春！

2016-2-9 于太原桃园

春 雨

春雨如丝谁绾起？

无心有意总迷离。

我非惆怅伤春客，

青鸟缘何梦里啼？

2016-2-12 雨夜于太原桃园

猴年元宵夜

星光入夜轻摇落，

珠箔飘灯梦里多。

一片晕红谁托起？

阑珊灯火正婆娑。

2016-2-22 夜写于太原桃园

题《春天致友人》
——答牛牧

谁赠河汾一曲歌？

我心依旧荡柔波。

真情一片谁能说？

君是春风爱是河。

2016-2-27 夜写于太原桃园

附：

《春天致友人》

——牛牧

你虽离开

我心依旧

门敞着

听春风劲吹

听你轻盈的脚步

我想即将到来的春天

也想你

当你脱去衣衫

我便心旌摇荡

当你眼望前方

我便如沐春风

我在乎你的离开

就像在乎你的爱

等春天驻足时
我更会想你
我心依旧
你虽离开
……

赠 学 友

——惊蛰贺老同学刘毓庆文图画展成功举办

可是同窗那朵云？
初心不改写真纯。
笔痕墨影春波里，
飞下文图听鼓琴。

2016-3-6 夜写于太原桃园

和寓真诗

——拜读老领导书赠有感

谁赐华章忆故楼？

流年逝水再难收。

也曾几度临风雨，

多有回肠绕县州。

俯首常思君谨慎，

横眉更把寸心留。

而今酬答春风里，

落照青山梦也稠。

2016-3-8 写于太原桃园

附：

赠友人

寓真①

后小河居忆故楼，

重杨相伴岁华流。

频年汗雨兼风雨，

大业并州又泽州。

废食尝因民事慎，

退思可慰政声留。

青山踏遍友情在，

更把诗歌写自由。

① 中国法官文化诗文社社长。

夜读《山果》文有感

豆蔻年华锦样流，

如何花季泪难收。

南天入夜谁回首？

布谷声声唤不休。

2016-3-15 于太原桃园

写在纪念祁隽藻逝世一百五十周年

春分时节忆名臣，

三晋晚清第一人。

最是忧民忧国梦，

感天动地可招魂！

2016-3-20 于太原桃园

春 宵

情到多时情变浅，

如今真不思华年。

晚风轻拂窗前月，

细雨飞花在昨天。

2016-3-26 于太原桃园

赞桃园小饭店

兄弟同心胜万金，

温馨可口客如云。

春风自在胸怀里，

小店便民人更亲。

2016-3-27 于太原桃园

都 说

都说灵犀一点通，

少年心事总难明。

至今犹记春天梦，

细雨杨花湿补红。

2016-3-27 夜于太原桃园

写在诗约春天朗诵会

——有感于会前一夜春雨，碧山如洗，古寺流翠。会上一篇追梦诗'青衣诵'感人至深而作。

谁洗碧山一夜晴？

流觞曲水艳阳红。

诗心怜爱"青衣诵"，

飞入龙泉古寺中。

2016-4-16 写于太原太山龙泉寺

诗 情

——拜读董耀章老师诗词有感

春红时节读华章，

书伴花香夜且长。

缱绻情怀谁得似？

一天明月细思量。

2016-4-21 夜于太原桃园

夏 夜 吟

晚来非晚月朦胧，

摇落秋怀应有风。

渐远渐行谁挽起？

绿云一片梦魂中。

2016-6-1 夜写于太原桃园

题端午节

大义孤忠可为谁？

每逢端午雨霏霏。

投诗今古汨罗水，

逝者如生更有谁？

2016 端午写于太原桃园

雨后彩虹

彩虹美在夕阳前，

黯黯销魂一霎间。

好物因何唯有别？

流年逝水去如烟。

2016-6-21 写于太原桃园

聆听习近平总书记七一"不忘初心、继续前进"重要讲话有感

不忘初心赤子心，

天风浩荡一昆仑。

梦为修远谁求索？

代有中华大写人！

2016-7-2 于太原

夏 月 吟

梦里轻轻随步起，

深情绵邈总依依。

眉尖心上悠扬曲，

月魄新裁又渐低。

2016-7-12 写于太原桃园

敬呈赵梅生老师

——有感于赵老年过九旬，精神矍铄，德艺双馨而作。

昔日逢君香在骨，

而今鲐背更精神。

清风大雅无今古，

人是梅生画是魂。

2016-7-25 夜写于太原桃园

夏日逢雨后云遮月遥忆昔日海天观月

海是天来天是海，

风生水起玉生烟。

爱怜沧海初升月，

咫尺天涯也有缘。

2016-8-2 夜写于太原桃园

敬贺阮泊生^①书记百岁寿诞

清风明月何时有？

淡泊梅兰自有神。

语不及私唯许国，

忠诚铸就百年身！

2016-8-8 夜写于太原桃园

① 阮泊生为山西省省人大原常委会主任。

答 友 人

——读公丁题照组诗"晋城印象"有感。晋城
是我的第二故乡，工作五年刻骨铭心。

山想人来水想人，

山山水水泪留痕。

感君唤起乡音好，

一叶一枝也动心！

2016-8-14 写于太原桃园

读李商隐诗有感

扬花丝雨有谁怜？

裁下白云作郑笺^①。

大爱孤忠皎洁月，

请君细细说人天！

2016-8-22 夜写于太原桃园

① "郑笺"出自元好问论李商隐诗曰："望帝春心托杜鹃，
佳人锦瑟怨华年。诗家总爱西昆好，独恨无人作郑笺。"
郑笺，泛指对古籍的笺注。

吟诵《诗经·蒹葭》①有感

可望难即能断肠，

伊人宛在水中央。

幽幽情思何由达？

古往今来总绕梁。

2016-9-7 夜于太原桃园

① "蒹葭伊人" 这是三千年以前产生在秦地的一首民歌。讴歌了主人公追寻伊人过程的艰难，凸现了坚执不已的精神。更以求之不得的朦胧意境，为后人提供了社会人生中一切可望难即情境的艺术精典，堪称诉诸灵魂的不朽之作。

题娄烦汾河水库

——有感于娄烦生态文明建设之美而作

朵朵蓝霞薄几重？

秋云淡淡水盈盈。

峰峦叠翠飘如梦，

隐隐清风细浪中。

2016-9-13 娄烦道中

夜读美文"最后一滴眼泪"有感

——谨以此敬祝八十二岁的李旦初老师健康幸福，十二周岁的黄河散曲社再攀高峰。

八二春秋也率真，

文坛泪洒又何人？

襟怀绾起天边月，

耿耿长灯夜夜心！

2016-9-28 夜于太原桃园

写在古交

——寄情古交新老友人

省亲今日意如何？

喜见金牛又奋蹄^①。

红豆珠圆情几滴^②？

渐行渐远问归期。

2016-10-9 于古交道中

① 古交也称金牛城。

② 指古交市新建的旅游景区红豆山庄，园内种植红豆杉，
　 珠红欲滴，令人爱怜遐思不已。

雨夜观看央视纪念长征胜利
八十周年文艺晚会有感

绵绵秋雨纷纷落，

万里长征万里风。

一路飘红红一路，

至今想念毛泽东！

2016-10-22 于太原桃园

悼余旭①烈士

——人民英雄，一路走好

金雀凌空云也美，

何曾巾帼让须眉！

蓝天飞梦从无悔，

最使英雄泪眼垂！

2016-11-15 夜于太原桃园

① 余旭是优秀的女飞行员，被誉为空军的"金孔雀"。

写在"神舟十一号"载人飞船成功返回之际

贺巡天英雄景海鹏、陈冬凯旋

凯旋今日意如何？

揽月追星感慨多。

梦里慈容时有过，

春风化雨洒银河。

敬题景海鹏三上太空

忠心报国好儿郎，

三上天宫你敢当。

我敬豪英千盏酒，

红旗猎猎凯歌扬！

2016-12-5 于桃园

月夜吟诵范诗银^①诗词有感

清风久不闻，

大雅又何人？

推出窗前月，

飘来几朵云。

听君吹玉笛，

随步自沉吟。

烟水朦胧夜，

刘郎^②不可寻！

2016-12-12 写于太原桃园

① 范诗银，中华诗词学会常务副会长。
② 刘郎，出自李商隐诗"刘郎已恨蓬山远，更隔蓬山一万重"，意指东汉刘晨寻仙不遇的惆怅。

贺太原诗词学会成立十周年

云雀声声几重梦？

十年昏晓唱河汾。

风华诗路君当数，

情是春光爱是魂。

2016-12-8 夜于太原桃园

冬夜痛悼马作楫恩师

忧心切切一行行，

辗转无眠夜且长。

温语犹存人去也，

此时此刻此寒窗！

2017-1-8 深夜于太原桃园

迎新春诗（二首）

——吟诵范诗银君《丁酉春笺》有感

（一）

闻说鸡鸣见日升，

思君尽在晓啼中。

孤心独造声声唤，

两地诗银一样红！

（二）

扫尽残星旭日升，

金鸡报晓唤三声。

奇情壮彩谁人共？

不是英雄也略同！

2017-1-26写于太原桃园

记 梦

——上元节赠诗银君

君是梦诗郎，

夜来萦绕梁。

翩翩何所似？

皎皎月明堂。

绣口痴情客，

悠扬万里长。

飘然人去矣，

枕上却流香！

2017–2–11 晨写于太原

观鸡年元宵节灯展有感

非关癖好赏新灯，

独爱金鸡第一声。

人说年年花似锦，

可知岁岁不相同！

2017-2-11 夜写于太原桃园

题晚来的春雪

我吹一笛痴心曲，

君舞千姿玉蝶衣。

都说情深难自已，

悠扬入梦是灵犀！

2017-2-21 夜写于太原桃园

题"手种天真书画展"

问君何以写天真？

笑指窗前几朵云。

一片冰心谁托起？

未能无意墨留痕！

2017-3-13 夜写于太原桃园

题 美 文

感卿旋拂写天真，

可是当年那朵云？

都说诗心美流出，

一枝一叶也传神！

2017-3-15 于太原桃园

古交寄情

——重逢小路有感

春夜飘灯几点红，

重逢执手月朦胧。

眼前历历初升日，

耳畔频频鼓角鸣。

我唱煤城情有意，

君和汾水泪无声。

而今依旧魂牵梦，

记否当年那笛风？

2017-3-16 夜写于太原桃园

梦 雨

——春夜雨后观月有感

梦雨几灵风？

春来可发声。

泠泠还剔透，

细细也晶莹。

有意和烟起，

无心夜放晴。

回眸人似月，

滴滴玉玲珑。

2017-3-24 夜写于太原桃园

清明思亲

悲从衷发泪如泉，

和雨和烟拭不干。

梦里依依难再唤，

天边隐隐见慈颜。

2017-4-4 写于太原桃园

敬和郑欣淼会长

春夜飘来春一枝，

梨乡梦里有灵溪。

河汾从此忆芳菲。

劳君吟唱唐元宋，

共我新和诗曲词。

长风破浪待何时？

2017-4-24 写于太原

附：

赠李雁红会长

郑欣淼①

古韵新风花两枝，

泉声一路汇清溪。

河东吟苑正芳菲。

雅音且数唐元宋，

热土今看诗曲词，

文公霸业待何时？

① 郑欣淼，中华诗词学会会长。

题紫藤花

紫藤红可晕，

明月也留人。

花蔓才轻落，

枝条又绾云。

无弦歌隐鸟，

有曲皆心音。

春晚悠扬梦，

和烟总绕魂。

2017-5-1 夜写于太原桃园

题阳曲桦桂农业园

羊儿轻唤艳阳天，

芳草白云细柳烟。

几度春风春几度，

一枝红晕上吟鞭。

2017-5-8 夜写于阳曲途中

故 乡 月

何为悦己容？

月是故乡明。

皎皎清如水，

融融一笛风。

初心终不改，

梦也月华浓。

天意怜情晚，

殷殷望碧空！

2017-5-20 夜写于太原桃园

端午怀屈子

千载泠泠水，

凝成泪未消。

灵均应不死，

万古粽香飘！

2017 端午于太原

夏月夜欣闻中华诗词学会
成立三十周年有寄

闻歌始信有情痴，

应是东风第一枝。

梦里春阳轻托起，

一天明月白如斯！

2017-6-2 夜写于太原桃园

庆祝香港回归祖国二十周年有寄

万户千门不夜城，

香江此刻沐天风。

儿思母念情多少？

直挂云帆又启程！

2017-7-1 夜写于太原桃园

赠贾沁林同志并晋城银行

——诚祝改革创新中诞生的晋城银行不忘初心，继续前进！

太行山上好儿郎，

一诺千金美誉扬。

若问艰辛何以说？

晋山晋水九回肠！

2017-7-11 于太原桃园

观朱日和阅兵有感

沙场秋点兵，

雄师绿旋风。

铁军谁锻造？

猎猎党旗红！

2017-7-30 夜写于太原桃园

雨后秋花

凌波月含晕，

秋雨也销魂。

滴滴羞难掩，

柳烟犹可人！

2017-8-21 夜写于太原桃园

题晋祠难老泉

一泓沧浪水，

拂去几多尘。

谁说泉声老？

拨弹天上音！

2017-8-28 写于朔州道中

初秋致友人

都说有缘情且长，

可知聚少别离伤。

与君相见相逢日，

惆怅秋来草木黄！

2017-8-30 夜写于大同

黄花沟寄情

天是衣裳地是床，

秋云淡淡草花香。

高原旷达飘如梦，

风响马铃歌四方！

2017-8-31 写于大同道中

秋夜致友人

——诗银君匆匆来并有寄

梦里灵山①可着雨？

红灯青史②应心迷。

惺惺相惜何来急，

一片秋声月又西！

2017-9-7 夜写于太原桃园

① "灵山"指雨游太原蒙山大佛。

② "红灯青史"指参观山西省博物馆。

致路德坤①

——贺酒仙网首届诗酒茶文化圆满成功

我有一瓢酒，

惜惜赠予君。

杯中三分月，

瓢内一斛春。

把盏多珍重，

人生少知音。

飘然谁去矣？

梦觉已难寻。

2017-9-8 写于太原桃园

① 路德坤，中国法官诗文社副社长。

秋夜敬读阎凤梧老师《边鼓集》
并诗词五十首有感

战鼓何须响重锤？

男儿拼死一声雷！

君心似铁真如月，

吾辈和灯热泪垂。

2017-9-15 夜写于太原桃园

中秋忆诗友会

月到中秋楼满月，

流霞①可是杏花魂？

扇裁月魄轻轻起，

几片秋思几片云！

2017-9-30 写于太原桃园

① 流霞，指美酒。

写在党的十九大

新时代

此刻掌声潮涌浪,

通天大幕喜拉开。

神州欢庆新时代,

万丈朝霞入梦来!

新思想

真理之光可领航,

百年梦想笛声扬。

且看红日初升起,

幸福生活日月长!

新变革

弥天大勇铸丹青，

敢上昆仑展大鹏！

朗朗乾坤何处是？

长城不倒战旗红！

新画轴

宣言写在人心上，

时代展开新画轴。

亿万欢呼举旗手，

英雄沧海数风流！

2017-10-19 写于太原

晋城行吟（四章）

（一）

写在赵树理纪念馆

——缅怀人民作家赵树理同志并寄语晋城市文联贾大义各同志

尊前欲说泪沾襟，

君是文坛大写人。

铁笔柔情呼与鼓，

杜鹃啼血可招魂！

2017-10-12 写于晋城

（二）

写在太行之巅

——寄语陵川各同志

难舍太行一缕魂，

秋来细雨何纷纷？

神奇岭秀神奇梦，

枫叶流丹耸入云！

2017-10-11 写于陵川道中

（三）

写在陵川乡土人家开发公司赠创业能手

一双天赐裁云手，

情系太行多少秋？

绣出红梅报春早，

花团锦簇也轻柔！

2017-10-19写于太原桃园

（四）

题美丽丈河村

可爱丈河几重梦？

白云生处笑声浓。

山乡流翠新风里，

雨后秋阳别样红！

2017-10-20写于太原桃园

贺博凡创业八周年

初识博凡汾水东，

春风几度可香浓？

流霞只在人心上，

花发何须二月红！

2017-10-23 写于太原桃园

贺太原桃园诗社成立三十周年

谁把桃红当故乡？

魂牵梦绕好儿郎。

卅年而立回眸望，

一路高歌向远方！

2017-11-11 写于太原桃园

韵和阎凤梧老师并时新兄长

问君何以惜长条？

仿佛闻声对沈腰。

落尽繁华风景好，

拈花一笑梦轻遥！

2017-12-10 夜写于太原桃园

雪夜归来有灯

片片花魂落，

融融一盏灯。

归人如有泪，

寂寂也无声！

2017-12-14 夜写太原桃园

迎新年并贺杏花诗社成立七周年

好花微雨本天成，

七载归来可踏青。

且寄凌云心一寸，

春深梦浅玉亭亭！

2017-12-30 夜写于太原桃园

新春致福太、梅琴、文政各友人①

谁赐一杯忘情水？

魂牵梦绕实难归。

举头明月悠然起，

可有春风习习吹？

2018-2-15 春节除夕写于太原

① 郑福太、张梅琴、粟文政为山西诗词学会副会长。

赠建华并各文友

——观第二届"手种天真"书画展有寄阎

阆苑奇葩君自有，

青山隐隐水蒙蒙。

天真只在灵风里，

手种何须朗月中？

2018-3-21 夜于太原桃园

题春日雨雪天

事非经过不知难，

料峭春寒为哪端？

丽日江山雪中看，

花蕾初绽沁幽兰！

2018-4-6 写于太原桃园

《彭德怀元帅》电视剧观后感

（一）

故国蒙难多少泪，

烽烟滚滚一时吹。

死生坦荡惊雷起，

立马横刀更有谁？

（二）

英雄流血不流泪，

咬碎银牙战乱云。

梦里挑灯谁看剑？

至今想念大将军！

2018-4-15 夜写于太原桃园

题 春 雨

丝雨临风轻绾起，

玲珑四照也莹莹。

渐行渐远飘如梦，

道是无因自有情！

2018-4-22 写于太原雨中

夏 月 吟

离我远时心愈痛，

随形如影不离分。

泠泠之水七弦上，

浮世三千只为君！

2018-5-28 写于太原桃园

献给祖国母亲的歌

——纪念改革开放四十周年有感

（一）

母亲听我唱支歌，

四十春秋百战多。

岁月流金也流爱，

此时儿女泪婆娑！

（二）

伟业惊天殊世界，

华年四十竞风流。

雄关漫道从头越，

登上层楼更上楼！

2018-5-30写于太原桃园

赠文政并来福诗社各友人

——观省端阳诗会有寄

几时云雀轻轻唱？

弹拨朱弦淡淡春。

我赞"来福"人似月，

杨花细雨步芳尘！

2018-6-13 写于太原桃园

夏夜偶题

燕子呢喃实可亲，

樱桃带雨也传神。

轻烟淡月谁能识？

流水高山又几人！

2018-7-2 于太原

忻州掠影

（一）

写在忻州市云中①河景区

谁裁云锦画屏开？

满眼风光水上来。

隐约塔桥翡流翠，

啼莺岸柳梦徘徊。

2018-7-5 写于忻州忻府区

（二）

题雁门关②

雁门展翅彩云间，

天下真当第一关。

千古英雄今胜昔，

峰峦叠翠任登攀！

2018-7-6 写于代县道中

① 云中河景区建有四座塔桥，风情各异，甚美。
② 雁门关海拔一千七百米高，形如大雁展翅状。

秋夜寄友人

雨湿青衫犹可记，

风生水起易销魂。

如何海上蓬山梦？

夜色凉凉也有痕！

2018-8-23 夜写于太原桃园

观大都会艺术节晚会《歌从黄河来》有寄

感君一曲黄河唱，

牵我情丝万里长。

九转回肠谁与共？

飘然入梦浪花香！

2018-9-1 夜写于太原桃园

缅怀左权将军

——写在左权麻田八路军总部纪念馆

锋刃弃身安可怀？

清漳吐血霎时开①。

星移斗转初心在，

泪眼金风拂面来！

2018-9-8 夜写于太原

① 朱德《悼左权》有"留得清漳吐血花"。

杏花怀古

——初秋陪老领导重访杏花村汾酒厂，面貌一新，吟诵杜牧"清明"诗有感

谁为杏花留墨痕？

遥闻牧笛雨纷纷。

清风大雅无今古，

能不酒乡怀使君！

2018-9-13 夜写于太原桃园

中秋将至雨歇月明有寄

始信多情怜爱我，

不将秋雨作成愁。

一帘幽梦他年意，

可有海风明月楼？

2018-9-20 写于太原桃园

中秋夜雨无月有寄

阴晴圆缺古难全，

良夕何求白玉盘？

心若冰轮终皎洁，

天涯咫尺也团栾！

2018-9-24 中秋夜写于太原

写在盂县①

游子也柔肠，

乘风返故乡。

白云飘梦过，

泪眼湿秋香。

义士魂安在②？

仙人可远方③？

痴儿回首去，

一路凯歌扬！

2018-9-26 改定于太原桃园

① 盂县是忠义之乡，也是革命老区。
② 指赵氏孤儿案发生盂县藏山。
③ 指盂县仙人洞的神话传说。

边城有寄

金风还是边城美，

摇落星辰梦几回？

且把红窗开一扇，

放他明月彩云归！

2018-9-30 写于大同返并道中

秋夜有寄

　　——有感于晋城市文联及诗词学会诸友人深情厚谊，
更有感于那方让我终生难忘的热土而作。

思君心一寸，

明月几传神。

谁解其中意？

露凝情可人！

2018-10-13 写于太原桃园

车过赵树理故乡沁水县有感

沁河一路扬波浪，

二黑小芹歌绕梁①。

淡淡秋阳红叶落，

为谁思念减荣光？

2018-10-13 于晋城道中

① 指赵树理代表作《小二黑结婚》。

重阳咏菊

重九乘风上翠微，

不须惆怅雁南飞。

凛霜傲骨东篱下，

自有清香独湿衣！

2018-10-17 写于太原桃园

咏太行

——步韵慧英①大姐《诗绿太行百期有感》

百感衷来碧草鲜，

来生还结太行缘。

巍巍造化钟神秀，

莽莽横空落九天。

原本相知云梦里，

灵犀一点自成仙。

红旗飘上峰峦顶，

一曲新歌换旧篇！

2018-11-12 写于太原桃园

① 李慧英，著名书法家、诗人。

写在祁县"第四届国际王维诗歌节"

谁识秋心对月吟？

清泉石上拨天音①。

诗人故里君何在？

千古阳关唱到今②！

2018-11-17 写于太原桃园

① 王维《山居秋暝》："明月松间照，清泉石上流。"
② 王维诗有："西出阳关无故人"。

写在山西报业集团"寻找晋商领袖颁奖盛典"

曾几星星亮起灯，

一轮明月掌中轻。

依依梦里痴心泪，

不管东西南北风！

2018-12-2 写于榆次道中

迎新曲

——杏花疏影兼贺杏花诗社成立八周年

辞旧迎新曲，

推窗月渐低。

十分天予好，

疏影也心期！

2019-1-3 写于太原桃园

贺赵望进^①主席八十寿诞

握手河汾犹可记？

劳君尺幅暖三冬。

游龙墨海真当健，

仰止高山不老松！

2019-1-3 写于太原

① 赵望进，著名书法家。

韵和武正国老会长《八十抒怀》

我敬寿翁千盏酒，

岁能流韵月能吟。

如何悟得生花笔，

剔透玲珑赤子心！

2019-1-5 写于太原桃园

附：

武正国老会长原玉

少小朦胧诗梦寻，

老来一任放怀吟。

欣逢盛世情澎湃，

八十年华十八心！

2019-1-5

迎新春赠友人

神犬何时离我去？

金猪曾几梦天真。

此时此刻君知否？

锦样年华有限身！

2019-1-21 夜写于太原桃园

观水上大型实景剧《如梦晋阳》

良宵似锦绣成堆，

亦幻亦真如梦飞。

一曲笙歌几多泪，

为谁飘洒为谁垂？

2019-5-1 夜写于太原晋阳湖畔

献给祖国七十华诞

开国颂

百万雄师谁挥手？

降旗一片出石头^①。

开天伟业垂千古，

举国而今热泪流！

改革开放潮

难得东方满眼春，

狂澜力挽开国门。

江山如画频回首，

石破天惊引路人！

新时代

谁托殷殷中国梦？

东风万里战旗红。

巨岩碎浪凌空起，

看我神州旭日升！

2019-5-2 写于太原桃园

① 指1949年解放军占领南京。南京古称石头城。

题第三届"手种天真"画展

窗外梨花窗内春，

原来物我本相亲。

星霞云彩魂牵梦，

点染生绢好拂尘！

2019-5-9 写于太原桃园

敬致袁旭临①局长

笔走龙蛇腕起峰，

谦谦君子柳杨风。

驰名墨海谁当数？

青眼芳樽敬寿翁！

2019-5-13 写于太原桃园

附袁旭临诗：

步韵雁红主席示教

墨海浪翔竟起峰，

名师巨擘各自风。

苦旅经年寻自乐，

未敢歇肩却成翁。

① 袁旭临，著名书法家、诗人。

写在盂县越霄山^①

——赠尚明、晶明诸乡友

天风飘玉带，

送我上青云。

莫待佳期过，

灵山实可亲。

盈盈远含黛，

楚楚近观心。

"仙府"今何在？

炊烟梦绕魂！

2019-7-4 写于盂县返太原道中

① 越霄山位于盂县城东十五公里许的仙人村，有仙人洞
的神话传说。这里指现在山下的仙人村新风貌。尚明、
晶明为仙人村人。

公园随感有寄·忆儿时

举手投足疑是你？

酸风眸子也凄迷。

悠悠岁月恍如梦，

笑语童真犹可期！

2019-8-17 写于太原桃园

写在朔州市庆祝建国七十周年建市
三十周年之际

——赠贾桂梓主席并市政协各同志

金风飘落绿丝绸，

儿女新城更上楼。

塞外明珠何所似？

亦真亦幻梦中游！

2019-9-3 写于太原

答致远·中秋云雨天

心中常有光明月，

何惧秋来夜雨天。

信步闲庭君可见？

阴晴圆缺霎时间！

2019-9-15 写于太原桃园

题学会庆祝建国七十年诗歌朗诵音乐会

——赠崔晋宏、冯晓武各友人

欢唱为何泪两行？

母亲呼唤好儿郎。

江山丽日应犹记，

骏马嘶风可绕梁！

2019-9-23 夜写于太原桃园

赠吴海泉并各学友

——为 74 届老同学四十五年重逢而作。

感君赐我云和水，

裁取流霞举起杯。

四十年前金色梦，

而今依旧暖风吹！

2019–10–15 写于太原桃园

答诗银会长·题寿阳

愿把寿阳当故乡，

好山好水好风光。

年丰人寿谁吟出？

君唱我和情也长！

2019–10–18 写于太原

观影片《我和我的祖国》赞忘我精神

忘我何求不忘我，

无言可把梦悠扬。

人间大爱今安在？

此刻犹闻侠骨香！

2019-10-24 夜于太原桃园

写在泽州县大阳古镇

千古河山无定数，

大阳①原本是"针都"。

抚今追昔英雄谱，

更把新风唱自由！

2019-11-20 写于太原桃园

① 大阳是中国历史文化名镇，也因明清手工制针业发达，
被誉为"九州针都"。

写在高平

（一）题吉俐尔丝绸公司

可是天孙织绮罗？

缤纷五彩洒银河。

牛郎怜爱"新娘被"①，

万缕千丝热泪多！

2019-11-18 写于太原桃园

① "新娘被"是公司的名牌，做工精美，颇受青睐。

（二）题良户古村

树有精神水有魂，

太行山上访名村。

红灯青史冬阳里，

错落楼台错落门！

2019-11-21 写于太原桃园

（三）赞三甲炼焦公司

谁唱"蓝天"颂，

白云绕梦稠。

十年风雨共，

一望金瓯收！

2019-11-23 写于北京道中

岁末题华炬·赠刘正

艰难何所似，

聊赠一枝春。

为有光明月，

甘当大写人！

2019-12-2 写于太原

迎新年寄刘正

—— 晚来的祝福

可是东风第一枝？

晚来非晚寄情思。

春光本在心怀里，

一点灵犀上柳丝！

2019-12-31 写于太原桃园

词

忆江南·春来夜

春来夜，风起亮寒灯。往事如烟还梦里，
新来总是忆亲朋。起坐在三更。

2014-2-13 于太原

忆江南·春去也

海边

春去也，梦在海云间。仙岛偏多芳草绿，
浪花略少雨急天。人去柳如烟。

2014-2-13 于太原

忆江南·元宵夜

望月

元宵夜，望月到西斜。怜爱横波清澈水，
盈盈如雪洒天街。唯恐月儿缺。

2014-2-14 夜于太原

菩萨蛮·是谁踏破天河水

题中央电视台马年新春晚会

是谁踏破天河水？人间一夜东风醉。骏马
报平安，欢歌飞万山。

雪冰留不住，笑看随风去。何处是心期？
新春马蹄疾。

2014-2-14 夜于太原

浣溪沙·夜雨何时泪一帘

春雨夜追忆姚奠中老师

夜雨何时泪一帘？良师追忆水云边。记得初见四十年。

壁上题词唯郑重，春风拂面在昨天。灵犀只系寸心间。

2014-3-10 于太原

浣溪沙·一路杨花过雁门

因公赴大同，牵挂在家康复中的爱妻

一路杨花过雁门，春寒心痛更思卿。病容扶起不禁风。

在外离家常有愧，踏春可记笑轻盈？如今又是柳烟青。

2014-3-25 于大同

摊破浣溪沙·乍暖还寒三月天

赴京学习，夜忆行前。寄语爱妻，遥祝康复

乍暖还寒三月天，京都春早柳如烟。宛宛烟丝愁不断，忆灯前。

原本临别多嘱咐，后因难舍却无言。追悔至今空念远，不成眠！

2014-3-30 于中央党校

浣溪沙·三月桃红喜又逢

春日京都见女儿有感

三月桃红喜又逢，悠扬往事笑谈中。归来只是太匆匆。

天下可怜慈母爱，护犊能不寄深情。善成善做要分明。

2014-4-1 于中央党校

浣溪沙·又见黄昏细柳烟

春日再题掠燕湖致爱妻以寄思念

又见黄昏细柳烟，鸳鸯春水并肩肩。华灯初上似前年。

只为玉人心一颤，银湖不再好花天。晚风吹起月光寒。

2014-4-2 于中央党校

浣溪沙·楚楚轻容扮晚妆

有感于春雨夜，小园的白丁香又开花了

楚楚轻容扮晚妆，柔风细雨露凝香。鬟云掠起也悠扬。

玉骨随年曾几换？花开花落惹愁肠。倩魂销尽月明旁。

2014-4-11 夜于太原

浣溪沙·怜爱床前婉月光

春之歌

怜爱床前婉月光，疏枝淡影夜来香。阑珊春意更情长。

云雀何须空怨唱，心音绝妙绕横梁。相逢脉脉也柔肠。

2014-4-27 于太原

浪淘沙·雨后絮飞天

赠女儿

雨后絮飞天，扑尽风前。分明四月好花天，何故新来眉不展，愁绪谁添？

自古路行难，难也须攀。厚德载物效前贤，淡定从容遂夙愿，圆梦开颜。

2014-4-29 夜于北京

浪淘沙·疼爱却无言

致女儿，遥祝平安

疼爱却无言，强作欢颜。匆匆来去絮云间。一片茫茫唯挂念，情洒天边。

憔悴也相关，好事今年。春花瘦尽惹人怜，父爱如山何处见？心上眉尖。

2014-4-30 于太原

浣溪沙·癖爱诗魂总有情

有感于省诗词学会领导诗友喜相逢

癖爱诗魂总有情，和风丽日觅芳踪。真诚比酒更茶浓。

受教前贤德本厚，有缘何必问前生？河汾相见共心同。

2014-5-6 于太原

浣溪沙·银燕南天展翅飞

在赴沪飞机上看到爱妻抱病钉扣子的风衣，情不自禁，遥寄思念诚祝康复

银燕南天展翅飞，心儿北望又思谁？感君丝线早回归。

风雨人生无怨悔，有君相伴暖风吹。瘦云如黛亦含悲。

2014-5-13 夜于上海大厦

浣溪沙·来去天怜细雨垂

赴沪考察往返细雨绵绵，因思念女儿，遥祝安康

来去天怜细雨垂，机窗如线露珠飞。吉人自有暖风陪。

夜半无眠思有愧，一心除病却难为。祝福千里善缘随。

2014-5-17 于太原

浪淘沙·细雨又湿花

致女儿

细雨又湿花，小鸟回家。儿时可记逗妈妈？
戏放风筝春入画，笑美人夸。

今日手才拉，车又催发。京都难舍瘦春花，
好事明知偏念挂，眼泪吧嗒。

2014-5-30 于北京返并高铁

调笑令·香草

为雨后草香题，遥忆塞北知青插队时光

香草，香草，雨后草香萦绕。也曾梦里相随。
梦醒无踪泪飞。飞泪，飞泪，魂魄只留塞北。

2014-7-21 于太原

临江仙·何故多情怜爱我

夏夜月明，转忆昔日观海上月

何故多情怜爱我？横波今夜融融。忽如海上又来风。姣姣常梦里，吹浪醉天明。

人道无缘缘也有，痴情海月初升。一从别后忆相逢。思量生我者，专为月华浓。

2014-8-3 于太原

临江仙·多难兴邦谁衔命

夏夜有感，献给云南鲁甸抗震救灾的子弟兵

多难兴邦谁衔命？巍巍看我长城。山崩地裂你能平。救人生死里，铁骨现柔情。

情到真时情亦水，涓涓洗涤心灵。人间大爱是真情。举国明月夜，不忘战旗红。

2014-8-7 于太原

采桑子·湖泊留下当时影

在云南鲁甸堰塞湖上，二十四岁的年轻战士谢樵为抗震救灾献出了宝贵生命

湖泊留下当时影，回首音容。英俊年轻，梦也曾经飞月宫。

落红何故风一阵？来去匆匆。泪洗天青，又见明星亮碧空。

2014-8-8夜于太原

少年游·北疆南海打先锋

观《战将》赞韩先楚

北疆南海打先锋，龙虎旋如风。攻无不克，战无不胜，万众唱英雄！

将军更有多情泪，百战为和平。心系人民，珍惜生命，大爱铸丹青。

2014-10-8于太原

蝶恋花·只为多情春夜落

羊年新雪

只为多情春夜落，梦也婆娑，天籁心灵过。片片轻柔总婀娜，殷勤万种花魂裹。

播撒人间罗绮薄，激浊扬清，玉骨谁能夺？怜爱晶莹最漂泊，相逢你我悠扬说。

2015-2-20 于太原

鹧鸪天·总忆芳园红落时

咏杏花，兼贺杏花诗社成立四周年

总忆芳园红落时，京都千里寄情思。怜君洁白冰如雪，随步春光华发滋。

人不醉，为谁痴？行云流水亦成诗。今宵梦里花飞雨，便是婀娜越女姿！

2015-3-10 于中央党校

鹧鸪天·春夜飘灯独自归

奉调北京学习，娟病未愈，周末匆匆探别有感

春夜飘灯独自归，依依蝴蝶两分飞。怜君脉脉秋波水，总把春风习习吹。

风悄悄，月清晖，披衣起坐意何为？郎心非铁能无泪，又踏行云和梦回。

2015-3-27 于中央党校

菩萨蛮·有缘相会春来早

有感于故人叙旧

有缘相会春来早，繁花初放京华道。往事柳如烟，宛然飘眼前。

琴弦君当数，留得行云住。卅载忘年交，水流山更高。

2015-4-12 于中央党校

鹧鸪天·掠燕湖波静静流

珍别，致中央党校老师学友

掠燕湖波静静流，柳丝垂线画中游。晚风吹起杨花落，又到黄昏烟水楼。

灯下走，景悠悠，春心何故动离忧？他年你我如相见，可记同窗月色幽？

2015-4-21 于中央党校

减字木兰花·何来思念

知娟病不能眠甚忧祝康宁

何来思念？尽日杨花飞扑面。怕说离人，才下眉尖又上心。

扶风弱柳，疑是卿容卿可瘦？自问难言，愧疚三更夜不眠！

2015-4-24 凌晨于中央党校

蝶恋花·夜忆临行皎洁月

寄娟

夜忆临行皎洁月，恰似当年，共许终生愿，四十春秋风与雪，身心操碎君何悦？

都说多情伤离别，君病谁怜？不忍空悲切！书未写成月儿缺，海风吹浪人难歇！

2015-6-3 夜于台南市

南乡子·何处可招魂

《父亲的身份》观后感，献给为国捐躯的隐蔽战线的英烈们

何处可招魂？抬望中天夜已深。多少烽烟多少雨，难寻。不必知名月色新。

明月也纯真，留取玲珑碧玉身。不待披云神自有，如银。只洒清光照后人！

2016-5-19 夜写于太原桃园

减字木兰花·紫兰天与

题紫罗兰

紫兰天与，静若清池镶碧玉。灌顶灵香，动若涟漪总绕梁。

挥之不去，飞絮飞花时带雨。无限思量，梦入潇湘路也长！

2017-1-23 写于太原

双调·寿阳曲

题原平梨花节并贺原平荣获《全国散曲之乡》称号

梨花雪，蝴蝶结，梦悠悠爱怜心切。曲歌儿化成白玉蝶，销魂在暖风春月！

2017-3-5 夜写于太原桃园

八声甘州·叹随风就月惜花人

冬夜得诗银君"八声甘州"步韵遥寄

叹随风就月惜花人，寒夜可香痕？宛如初相见，春光摇曳，青眼芳樽。恍惚红灯青史，灵雨也纷纷。枫叶何曾老？湿了湘裙！　　道是知音难觅，怅茫茫人海，缱绻谁分？感君相思泪，滴滴柳花魂！雁传书，毫端蕴秀，口噙香，莲动水粼粼。痴心梦，西窗剪烛，休裂陶埙！

2017-11-30夜写于太原桃园

附：

范诗银君原玉

信春红秋紫念归人，霜薄旧香痕。记杏丝垂雨，兰星滴露，桂影盈樽。最是寒桐声冷，扑面落纷纷。怜惜松花老，敲过征裙。羞道初心难忘，只殷勤芸草，湘卷闲分。醉题眉长句，恰可认诗魂。韵频弹，龙泉清冽，字难吟，山水响粼粼。无端梦，轮焦尾了，吹裂陶埙！

减字木兰花·海风初过

韵和诗银君南瀛词作"新年寄春"

海风初过，去国月明圆几个？骚客沈吟，一片乡心梦里深。

相思难断，君有灵犀春作伴。天道酬勤，不舍当年那朵云！

2018-1-14 夜写于太原桃园

附：

范诗银君原玉

减兰·新年寄春

海花掬过，捧得月痕圆几个。山雨沈吟，缕缕丝丝忆念深。

时光剪断，春可同君常作伴。鸥鸟殷勤，托给长天那片云。

减字木兰花·流光溢彩

韵和诗银君南瀛词作"致心形礁"

流光溢彩，沧海月明君可解。万物同心，咫尺天涯一样深。

痴情有么？良玉生烟皆在我。路在何方？踏过春花梦儿长！

2018-3-10 夜写于太原桃园

附：

范诗银君原玉

减兰·致心形礁范诗银（北京）

谁镶五彩，妄把人间情意解。静海初心，不尽沧桑岁月深。

你知道么，纵使爱遗非独我。从此殊方，惹我今生思梦长。

后　记

　　应北岳文艺出版社之约，此次《泉声集》收录了我2009年到2019年的诗和词共467首。诗以时间顺序排列，词单列。诗分为上半部分和下半部分。上半部分收录了2009年到2014创作的诗，共280首；下半部分是2015年至今创作的诗，共152首；词35首。

　　书名为《泉声集》。"泉声"是我近些年创作时用的笔名，也是我平生自认为最爱最美最纯真的声音。

　　按照创作时间顺序排列，主要是考虑到能够体现个人诗词创作成长的过程。在此次公开出版发行的时候，对在创作初期一些出律的诗作不予修改，这样有利于保持作品的原貌。诗集采用了"新声韵"及部分"平水韵"。

　　在此，我要感谢杜学文主席作序，感谢武正国、李旦初、马作楫、阎凤梧四位老师为本书题名、撰文。感谢梁宝印、贾新田、续小强等领导的关心和支持。感谢李建华、卫冰、乔桂香在成书中给与的帮助。

李雁红

2019 年 10 月 8 日